明
室
Lucida

照亮阅读的人

法比安

Fabian.
Die Geschichte eines Moralisten

[德] 埃里希·凯斯特纳 著

李晓艳 译

北京联合出版公司
Beijing United Publishing Co.,Ltd.

目 录

i　　　前言　为本书再版而作

001　　法比安

259　　附录一　法比安和道德判官
263　　附录二　没了盲肠的先生

269　　译后记　没落社会的讽刺画

前言

为本书再版而作

对于这本问世已近25年的老书,一直流传着截然不同的评价。连一些对它称赞有加的人都有误解!今天说不定能更好地理解它了?当然不能!又怎么可能呢?第三帝国把鉴赏评判权收归国有,向数百万民众配送空话,让他们囫囵咽下,流毒至今,败坏了广大群众的鉴赏力和判断力。今天,还没等群众重获新生,就已经又有新的,更准确地说是很古老的势力,狂热地通过大规模接种来传播标准化的——与先前并无多大不同——意见。仍有很多人不知道,且有很多人不再知道,人可以而且本该形成自己的判断。但是就算他们要向这方面努力,也不知该怎样着手,更何况眼下抵制现代艺术和文学的监护法正在筹备中,据说是为了保护青少年。"有危害性的"一词早就再次位列反动分子词汇表的首位。诋毁不光把目的神圣化,而且经常也是实现目的的手段之一。

如此一来,今天比当年更少有人明白,《法比安》绝非一本"不道德的"书,而是一本特别道德的书。最初书名叫作《沉沦》,但书名连同过激的几章未被首家出版商采用。如获采用,从封面上就可以清晰地看到,这部长篇小说在追求一个特定的目标:它想警告。* 它想警告,德国以及欧洲正在走向深渊!它想使用恰当的手段,在这种情况下意味着只能使用所有手段,在最后一刻迫使人们倾听和思考。

极高的失业率,与经济萧条接踵而至的精神抑郁,对自我麻痹的沉迷,各党派肆无忌惮的活动,都是危机正在逼近的信号。风暴前不乏可怕的寂静——人心懈怠,好似患上了传染性的瘫痪。一些人觉得有必要对抗这风暴和寂静,却被推到一边。人们情愿去听年市上大喊大叫、大吹大擂的人夸耀他们的狗皮膏药和有毒的妙方。人们尾随着捕鼠人†走向深渊,现在的我们与其说活着,不如说已经死

---

* 原书德语书名"Fabian.Die Geschichte eines Moralisten"直译为"法比安:一个道德主义者的故事"。——译者注(本书脚注均为译者所加)

† 指欧洲中世纪花衣魔笛手的传说。

去，走进了深渊并试图适应这一处境，装作什么也没有发生过。

眼前这本书描述了当时大城市的状况，它不是赠言纪念册和摄影相册，而是一部讽刺作品。它没有照实描述，而是夸大其词。道德主义者放到自己时代面前的，通常不是普通的镜子，而是一面哈哈镜。讽刺画这种合法的艺术手段，是他所能做到的极致——如果连这都毫无用处，那就根本无药可救了。根本无药可救——无论在当时还是今天，都不稀奇；但如果道德主义者因此丧失了斗志，那便稀奇了。自古至今传承给他的一直都是绝望的境地。他竭尽所能地坚守着这一岗位。他的座右铭曾经一直是而且至今也是：百折不挠！

慕尼黑，1950 年 5 月
埃里希·凯斯特纳

法比安

第一章

法比安坐在一家名叫"碎木"的咖啡馆里，浏览着几份晚报的大标题：英国飞艇在博韦*上空爆炸，马钱子†存放于扁豆旁，9岁女孩跳窗，总理选举再度无果，莱恩茨‡动物园谋杀案，市采购办公室的丑闻，马甲口袋里的人造声音，鲁尔区煤炭销量萎缩，赠与国营铁路公司总经理诺伊曼的礼物，人行道上的大象，咖啡市场上的紧张气氛，克拉拉·鲍§的丑闻，14万名金属加工业工人即将罢工，芝加哥犯罪剧，在莫斯科就木材倾销进行谈判，施塔尔亨贝格

---

* 法国瓦兹省首府，位于巴黎以北。
† 马钱子的种子有毒，从种子中提取的生物碱士的宁，有一定的兴奋作用。
‡ 维也纳市郊的一个区。
§ Clara Bow（1905—1965），美国好莱坞明星。

猎户造反。天天都是这一套，没什么特别的。

他咽下一口咖啡，打了个激灵。这东西喝起来一股糖味。自打十年前，在奥拉宁堡门[*]的食堂每周三次强咽下去加了糖精的面条之后，他便讨厌甜食。他赶紧点了根烟，喊来了服务员。

"有什么可以帮您的吗？"服务员问。

"请您回答我一个问题。"

"您请问。"

"我该去还是不去？"

"先生指的是去哪儿？"

"您别问，您的任务是回答。我该去还是不去？"

服务员悄悄挠了挠耳后，把重心从一只扁平足转移到另一只上，为难地说道："您最好别去。保险点好，先生。"

法比安点点头说："好，那我去了。结账。"

"但我不是明明劝您别去吗？"

"所以我才要去！结账。"

"如果我刚才建议您去，您就不去了吗？"

"那也去。结账，谢谢！"

"我不明白，"服务员气恼地宣布，"那您究竟为什么还要问我？"

---

[*] 曾经存在于德国柏林的一座城门。

"我要是知道就好了。"法比安回答道。

"一杯咖啡、一个黄油面包，50，30，80，共90芬尼*。"对方没好气地报着数。

法比安把1马克放到桌上就走了。他不知道自己眼下身在何处。如果有人在维滕贝格广场乘上1路公共汽车，到波茨坦桥站转乘一辆不知是几号线的有轨电车，20分钟后因为车里突然坐下一个酷似弗里德里希大帝的女人而下车，那这个人的确不可能知道自己身在何方。

他跟着三名疾步前行的工人，跌跌撞撞地踩着木板，顺着工地围栏和灰不溜秋的钟点房，来到了扬诺维茨桥†火车站。上了火车，他掏出办公室主任贝尔图赫写给他的地址：施吕特尔大街23号，佐默女士。他坐到动物园站下了车，来到约阿希姆斯塔尔大街，一位晃个不停的细腿小姐问他意下如何。他拒绝了这一提议，伸出食指以示威胁，并仓皇逃走。

这座城市像个游乐场。房屋正面闪烁着斑斓的光芒，连天上的星星都为之黯然失色。一架飞机隆隆地飞过房顶，冷不丁撒下了铝制塔勒‡雨。行人仰头一望，大笑起来，旋即俯身去捡。法比安隐约记

---

* 德国过去的货币单位，100芬尼为1马克。
† 横跨柏林施普雷河的一座桥。
‡ 塔勒是直到18世纪仍通用的德国钱币，原为银质。

起了那个童话：一个小姑娘掀起自己的衣服，去接从天而降的硬币。他从一个陌生人硬邦邦的帽檐上拿起一枚塔勒，看到上面印着："请来异国风情酒吧，诺伦多尔夫广场3号，美女，裸体雕像。内设秃鹰公寓，提供膳宿"。法比安突然觉得，自己正坐在上面的飞机里，俯视着自己，俯视着约阿希姆斯塔尔大街上的那个年轻人。在拥挤的人群中，在路灯和橱窗的光圈里，在这个热火朝天的夜晚，在那迂回曲折的街道上，那个人何其渺小，而他就是那个人！

他穿过选帝侯大街。一座山墙上装了一尊发光塑像，塑像有着土耳其男孩的样貌，并转动着电子眼球。这时法比安的靴子跟被猛地撞了一下。他不满地转过身去，原来是一辆有轨电车。售票员骂骂咧咧。

"留点神啊您！"一名警察喊道。

法比安脱帽说道："我尽力。"

来到施吕特尔大街23号，一名穿绿色制服的侏儒开了门，爬上一把小巧的梯子，帮助来宾脱掉外套，然后消失了。绿衣小矮人刚离开，就有一名丰满的女士出现，想必是佐默女士，她快步穿过帘子，走过来说道："可以请您去一下我的办公室吗？"法比安跟着去了。

"您的俱乐部是某位姓贝尔图赫的先生推荐给我的。"

她翻阅着一个笔记本，点点头说："弗里德里希·格奥尔格·贝尔图赫，办公室主任，40岁，中等个头，褐色头发，住卡尔大街9号，爱好音乐，偏好25岁以下、身材苗条的金发女郎。"

"就是他！"

"贝尔图赫先生从10月份开始就来我这儿，这段时间来过五次。"

"说明您的机构不赖。"

"注册费20马克，每次来访再额外支付10马克。"

"这是30马克。"法比安把钱放到写字台上。丰满的女士把钞票放入抽屉，取出一支钢笔，说道："履历？"

"雅各布·法比安，32岁，无固定职业，目前任广告专员，住沙佩尔大街17号，有心脏病，棕色头发。您还需要知道点什么？"

"您对女人有特定的期待吗？"

"我不想画地为牢。我更偏好金发女郎，但我的经验恰恰相反。我喜欢高个子的女人，但需求是不对等的。这栏空着吧。"

不知哪里的留声机打开了。丰满的女士站起身来，郑重地宣布:"在进去之前，请允许我向您说明几条最重要的规章。我们不反感而是期待成员彼此之间的亲近，女士们享有和先生们同样的权利。本机构的存在、地址和惯例只能告知可靠的宾客。尽管公司动机高尚，但花销必须当场结清。在俱乐部各房间之内，任何一对儿都无权要求别人尊重他们。结对后若不愿受到打扰，就请离开俱乐部。本俱乐部服务于开拓关系，而非关系本身。有机会彼此短暂了解的成员，事毕请抛诸脑后，因为只有这样才能避免麻烦。您听懂了吗，法比安先生?"

"完全听懂了。"

"那就跟我来吧。"

里面大约有30到40人。第一个房间里在打桥牌，隔壁在跳舞。佐默女士给新成员安排了一张没人的桌子，说有需要可以随时找她，然后就走开了。法比安坐下，向服务员点了杯白兰地苏打后，便举目四望。他是在一场生日宴会上吗?

"人们看上去都比实际上友善。"一位小个子、黑头发的小姐边说边坐到了他的旁边。法比安递给她一支烟。

"您看上去很讨人喜欢，"她说，"您是12月出生的。"

"2月。"

"啊哈！双鱼座，还有部分水瓶座。生性相当冷淡。您仅仅是出于好奇才来的吗？"

"原子理论家声称，连最小的物质颗粒都由彼此环绕的电子量能构成。您认为这种观点是一种假设，还是与事实真相相符？"

"您还很敏感吗？"那位小姐喊道，"不过没关系。您来这儿，是想找个太太吗？"

他耸耸肩。"这是正式求婚吗？"

"胡说！我结过两次婚，暂时足够了。婚姻不适合我，我对男人的兴趣太大了。我把我看到的、我喜欢的每一个男人都想象成我的丈夫。"

"他们都具备最切中要害的属性，我希望。"

她打嗝似的笑了，继而把手搭到了他的膝盖上。"就该抱这种希望！别人说我得了求偶幻想症，太不安分。但愿您今晚想要送我回家，我的公寓和我小归小，但稳固。"

他把那只陌生、不安分的手从自己的膝盖上挪开，说道："一切都有可能。现在我想好好看看这个地方。"他没有看成。他刚起立转身，就有一位身材高大匀称的女士站到了他的面前，对他说："一会儿跳舞吧。"她不但比他高，还有一头金发。喋喋不休的小个子黑发女人按规矩消失了。服务员打开留声机，人们起身跳起舞来。

法比安端详着金发女郎。她长着一张苍白稚气的脸,看上去比她的舞步要矜持。他没说话,感觉再冷场下去,两人就没法挑起话头,来场闲谈了。幸好他踩到了她的脚,打开了她的话匣子。她指给他看两个女人,说她们最近为了一个男人互打耳光、互扯衣服。她告诉他,佐默女士和穿绿制服的侏儒有一腿,还宣称自己不敢去想象这种私通。最后她问,他是不是打算留下来,她要走了。他也一起走了。

来到选帝侯大街,她拦了辆出租车,报了地址,上车后拉他坐在自己身旁。"但我只剩2马克了。"他说。

"不大要紧,"她回答,并朝司机喊道,"关灯!"车里黑了。汽车猛地发动并行驶起来。刚转第一个弯,她就扑到他的身上,咬他的下嘴唇。他的太阳穴撞到了车顶折叶上,他抱住自己的脑袋说:"哎呦!开了个好头。"

"别这么一碰就疼。"她下令,并且对他殷勤备至。

这一袭击对法比安来说过于突然,再加上脑袋也疼,搞得他心不在焉。"我只希望,在您勒死我之前,我还能写封信。"他喘息着说。

她轻一下重一下地敲打着他的锁骨,面无表情地哈哈大笑,同时继续紧紧勒着他。他努力想要抵御这个女人，但对方显然会错了意，每个转弯都会导致再一次的纠缠。他恳求命运，不要让汽车再拐弯。好在命运自有安排。

汽车终于停了，金发女郎往脸上扑了扑粉，付了车费，站在大门前说："首先，你的脸上全是红印；其次，来我家喝杯茶。"

他擦了擦自己脸颊上的口红印，说："您的提议让我感到荣幸，但我明天必须很早就到办公室。"

"别惹我发火。你留在我这儿，女仆会叫醒你的。"

"但是我起不来。不，我必须回家睡觉。我早上7点有一封紧急电报。房东太太会拿到我的房间，并且把我晃醒。"

"你现在怎么能知道会收到电报？"

"我甚至知道里面写了什么。"

"写的是？"

"写的是：'滚下床来。你忠诚的朋友法比安。'法比安，就是我。"他眯起眼睛看向树上的叶子，欣喜于路灯的黄色光芒。街道静谧，一只猫无声无息地蹿进暗处。要是现在他能沿着这些灰色的房子散散步该多好！

"电报的事不是真的喽？"

"对，偏巧不是真的。"他说。

"如果对后续的事情不感兴趣，那你去俱乐部干什么？"她气恼地质问道，并打开了门。

"我知道了地址，很好奇。"

"那就快点！"她说，"好奇不受限制。"门在他们身后关上了。

第二章

电梯里挂着一面镜子。法比安掏出手帕，擦掉脸上的红印子；领带歪了，太阳穴火辣辣的。面色苍白的金发女郎俯视着他。"您知道墨盖拉*吗？"他问。她伸出一只胳膊搂住他说："我知道，但我更漂亮。"

门牌上写着："莫尔"。女仆开了门。

"给我们端茶来。"

"茶放在您的房间了。"

"好。去睡吧！"女仆便消失在走廊中。

法比安跟在女人身后。女人径直把他带进卧室，倒上茶，摆好白兰地和香烟，用意味深长的姿态说道："请自便！"

---

* 希腊神话中的复仇三女神之一。

"我的天，您身上真有股速度！"

"哪里？"她问。

他没有搭腔。"您姓莫尔？"

"我还叫伊雷妮·莫尔呢，读过文理高中的人都要笑出来。*坐吧，我去去就来。"

他拦住她，给了她一个吻。

"好啦,慢慢来。"她说完离开了。他呷了一口茶，喝了一杯白兰地，打量起这个房间来。床又矮又宽，灯光斜着照下来，四面墙都镶着镜面玻璃。他又喝了杯白兰地，走到窗前。窗户没装栅栏。

这个女人在他身上打的是什么主意呢？法比安32岁，夜夜勤勉地探索，今晚也开始让他兴奋起来。他喝下第三杯白兰地，搓起了手。

出于爱好，他长期以来一直在搞复杂的情感。想研究这些情感，就必须拥有它们；只有拥有时，才能观察它们，犹如切割自己灵魂的外科医生。

"那么，现在小家伙要遭受蹂躏了。"金发女郎说道。她换上了一件黑色的蕾丝睡衣。他后退了一步，她却喊着"乌拉"扑向他的脖子，导致他失去平衡，连同女人一起跌坐到地板上。

---

* 让人发笑的是姓氏与名字之间的反差，伊雷妮源自希腊语，在魏玛共和国时期的德国属于比较高雅洋气的名字，而莫尔则是普通的德国姓氏。

"她吓到您了吧？"一个陌生的声音问道。

法比安惊奇地抬头看去。门口站着一个身穿睡衣的男人，消瘦，大鼻子，正打着哈欠。

"您来这儿干什么？"法比安问。

"请原谅，先生，但我可不知道，您和我的妻子已经爬了进来。"

"您的妻子？"

闯入者点点头，拼命地打着哈欠，并饱含责备地说："伊雷妮，你怎么能让这位先生陷于如此尴尬的境地！要是你想让我看看你觅得的新人，那你向我展示时至少要符合社交礼仪。在地毯上！这位先生肯定不乐意！而且你把我吵醒的时候，我睡得正香……""我姓莫尔，先生，是一名律师，此外，"他撕心裂肺地打了个哈欠，"也是这位摊在您身上的女人的丈夫。"

法比安把金发女郎从自己身上推开，站起来，理理头发。"您的妻子豢养后宫男宠吗？我姓法比安。"

莫尔向他走来并递过手。"很高兴认识一位这么讨人喜欢的年轻人。这种事既寻常又不寻常，见仁见智。但是请您放心，我已经习惯了。您请坐。"

法比安坐了下来。伊雷妮·莫尔出溜到扶手上，一边抚摸法比安一边对自己的丈夫说："如果你不喜欢他,我就违反合同。"

"可我明明喜欢他。"律师回答。

"二位谈论我的语气,像是把我当成了一块奶酥蛋糕或者一个平底雪橇。"法比安说。

"你是个平底雪橇,我的小家伙!"女人喊着,把他的头按到自己由黑色睡衣守卫的丰满胸脯上。

"岂有此理!"他大喊,"请您别烦我!"

"你不能惹恼自己的客人,亲爱的伊雷妮,"莫尔说,"我要带他去我的书房,把他有必要知道的一切都告诉他。你忘了,他肯定觉得莫名其妙。过会儿我再让他来你这儿。晚安。"律师把手递给自己的妻子。

她爬上自己低矮的床,悲伤而孤独地站在两个枕头之间,说道:"晚安,莫尔,睡个好觉。但是别把他说得死过去,我还需要他。"

"好,好。"莫尔答应着,拉着客人离开了。

他们在书房就坐。律师给自己点了一支雪茄。他打了个冷战,于是往膝盖上盖了一块驼绒毯,接着翻看起一摞卷宗来。

"虽然此事与我无关,"法比安开口说道,"但您竟然容忍自己的妻子这样对您,实在太离谱了。您经常被她从床上拽起来,去点评她的情人吗?"

"很经常,先生。一开始我就通过交涉获得了经书面确认的鉴定权。结婚一年后我们起草了一份合同,其中第四条规定:'缔约女方在意欲发展每一段亲密关系前,都有责任把人带到丈夫费利克斯·莫尔博士面前。如果丈夫对当事人持反对意见,伊雷妮·莫尔太太则应依规立即放弃实施自己的计划。每违背该条款一次,即被罚以每月经济补贴减半。'这合同很有意思。要我详尽地读给您听听吗?"莫尔从口袋里掏出书桌的钥匙。

"不必麻烦了!"法比安拒绝道,"我只想知道,您为什么要起草这样一份合同。"

"我的妻子以前老做噩梦。"

"您说什么?"

"她以前老做梦,梦见一些可怕的事情。显然,她的性欲随着婚姻时长的增加而增长,并且催生了一些性幻想,对其内容,先生,您幸好仍一无所知。我只能退后,她让成群的外国人、摔跤运动员和舞女住进她的卧室。我还能怎么办呢?我们只好签订一份合同。"

"您不觉得换一种处理方法会更有成效和品位吗?"法比安不耐烦地问道。

"比如说,先生?"律师坐直了身子。

"比如说,每晚后面来上25下?"

"我试过，太疼了。"

"这一点我很能理解。"

"不！"律师喊，"您理解不了！伊雷妮力气很大，先生。"

莫尔垂下头。法比安从书桌上的花瓶里取出一枝康乃馨，别在扣眼里，起身在屋里徘徊，并把墙上的几幅画摆正。这个高个子的老家伙大概很享受被自己的妻子痛打。

"我要走了，"他说，"请把前门钥匙给我！"

"此话当真？"莫尔忧心忡忡地问，"但是伊雷妮在等您啊。您留下吧，看在老天的分儿上！如果她看到您走了，一定会失控的！她会以为，是我把您赶走的。您留下吧，求求您了！她多么期望您能留下来。您就满足她这点小小的乐趣吧！"

莫尔跳了起来，抓住客人的西装上衣。"您留下吧！您不会后悔的。您还会再来的，您会成为我们的朋友。我也能确保伊雷妮在好人手里。您就帮我这个忙吧。"

"您该不会打算保证也给我一份稳固的月收入吧？"

"可以谈，先生。我又不是没钱。"

"请您把前门钥匙给我，干脆一点！我不适合这个岗位。"

莫尔博士叹了口气,在书桌上搜寻了一番,递给法比安一串钥匙,说:"太可惜了。我从一开始就很喜欢您。钥匙您留几天吧,说不定您会改主意。不管怎样,如果能再次见到您,我会很高兴。"

法比安嘀咕了句"晚安",轻轻穿过门厅,拿起帽子和外套,打开门,走出去后小心地转身拉上,小跑着下了楼。来到大街上,他深深地吸了一口气,摇了摇头。有几个人从这里经过,但他们完全意料不到墙后发生的事情多么疯狂!拥有神奇的透视能力,看穿墙壁和窗帘,其实算不了什么;承受得了所看到的景象,那才叫能耐。

"我很好奇",他曾对金发女郎说,可如今他逃之夭夭,没有用莫尔夫妇来满足自己的好奇心。他损失了30马克,口袋里还有2马克。晚餐泡了汤。他吹着口哨,漫无目的地穿过昏暗陌生的林荫道,误打误撞来到了赫尔街火车站前。他坐火车到了动物园站,改乘地铁,到维滕贝格广场站换乘,坐到斯皮切恩大街站,从地下世界回到地上。

他走进常去的咖啡馆。"拉布德博士已经走了。他一直等到了11点。"服务员告诉他。法比安坐下,点了咖啡,抽起烟来。

店主科瓦尔斯基恭敬地向他问过好后,告诉他今晚发生了一桩滑稽事。科瓦尔斯基咧嘴大笑,一口假牙闪闪发光。他说,是服务员尼滕福尔最先注意到的。"那边的圆桌旁坐着一对年轻情侣。两个人聊得很欢,女人一个劲儿地摸男人的手。她大笑,给男人点烟,很是亲热。"

"也没什么好大惊小怪的。"

"您别急啊,尊敬的法比安先生。您等我说完!那个女人——是漂亮,这一点必须承认——同时在和邻桌的一位先生眉来眼去。那副样子啊!尼滕福尔悄悄把我叫了过来。那场面可真精彩。男的最后塞给她一张纸条。她读完点点头,也写了一张扔给邻桌,与此同时还在起劲地和自己的男朋友聊着,给他讲一些事讨他开心——多能干的女人我都见过,但这个一对多的女人比谁都厉害。"

"那男人怎么就能容忍呢?"

"稍等,亲爱的法比安先生。笑点马上就来!话说我们自然也很奇怪,为什么他能忍得了。他心满意足地坐在她身旁,天真地微笑着,一只胳膊揽住她的肩膀,与此同时女人却向邻桌的男人点了点头。男人回了一个点头,做了个手势,把我们吓得说不出话来。尼滕福尔走了过去,因为女人想买单。"科瓦尔斯基先生抬起肥胖的脑袋,仰天大笑。

"那么,是什么原因呢?"

"和她坐在一起的那个男人,是盲人!"店主鞠了一躬,大笑着走了。法比安诧异地望着他。人类的进步显而易见。

门口一阵喧闹,尼滕福尔和一名助理服务员在忙着驱赶一个衣衫褴褛的男人。"马上滚开。整天乞讨,真够恶心的。"尼滕福尔恨恨地尖声叫道。助理服务员对那个脸色苍白、一言不发的男人推来搡去。

法比安跳起来,跑向那群人,朝着两名服务员喊:"请立即放开那位先生!"俩人不情愿地松了手。

"您来了,"法比安说着握住乞丐的手,"非常抱歉,他们冒犯了您。请原谅,来我这桌坐吧。"他把那个茫然无措的人领到角落里自己的桌子旁,让他坐下,问道:"您想吃什么?想喝杯啤酒吗?"

"您真是个好人,"乞丐说,"但我会给您添麻烦的。"

"这是菜单,给自己挑几样吧。"

"不行!他们会把我赶下桌,扔出去。"

"不会的!您用不着诚惶诚恐!只因为衣衫破旧、饥肠辘辘,您就不敢挺直腰板坐在椅子上。别人不让您进门,也有您自己的责任。"

"要是失业两年,想法就变了,"那人说,"我住在天使海岸的小旅馆。我能拿 10 马克救济金。吃多了鱼子,我的胃都坏了。"

"您从事什么职业？"

"银行职员，如果没记错的话。还坐过牢。上帝啊，回头看看过去，我唯一还没经历过的事就是自杀。但可以补上。"那人坐在椅子边上，两手颤抖着捂在马甲的领口前，试图遮住脏兮兮的衬衣。

法比安不知道该说什么。他在脑子里想了很多句子，没有一句合适。他站起来说："稍等，这些服务员非等着人去叫。"他向柜台走去，质问领班，抓起他的胳膊，拖着他穿过餐厅。

乞丐已经走了。

"我明天来买单！"法比安喊了一声，冲出咖啡馆，四处张望。那人不见了。

"您究竟在找谁啊？"有人问。是闵采尔，编辑闵采尔。他扣上大衣的扣子，点上一支雪茄，说："真是胡闹。我差点顺利拿下那局。施马尔瑙尔下起棋来像个笨蛋。但我得去上夜班。德国人民希望明天一早就知道，自己睡觉的时候多少屋顶架着了火。"

"您明明是政治编辑。"法比安反驳。

"屋顶架火灾存在于每个地区，"闵采尔说，"偏偏发生在深夜，肯定是因为结构。跟我来吧，看看我们的热闹。"

闵采尔上了一辆小型的私家车。法比安坐到这位编辑的旁边。"您什么时候有车了?"他问。

"从我们的商业编辑手里买来的。他供不起了,"闵采尔解释说,"每次看到我爬上他昔日的豪车,他都大为光火。光是这个乐趣也值了。您知道,您坐车要自担风险吧?如果摔断了脖子,您得自己负责。"

说着他们就开走了。

第三章

走廊空着。商业编辑部亮着灯,屋里没人,门开着。"可惜马尔米已经回家了,"闵采尔扫兴地说,"他又没见着自己的汽车。等一等,咱们听听发生了哪些世界大事。"他撞开一扇门,几台打字机啪嗒啪嗒地打着字;靠墙有一排电话间,传出女速记打字员的说话声,像来自远方一样缥缈。

"有什么重要消息?"闵采尔向着嘈杂的电话间喊道。

"德国总理发表了演讲。"一个女人回答。

"这下糟了,"编辑说,"这家伙喋喋不休,我的整个头版白写了。有演讲全文了吗?"

"全文分三部分,2号电话间正在记录第二部分!"

"立即打印了给我!"闵采尔下令。他用力关上门，带领法比安进了政治编辑部的办公室。他们脱衣摘帽，闵采尔指着书桌说："看看这个乱摊子！纸张地震了！"他在新送达的一堆消息中翻找着，像个裁剪工一样，拿剪刀剪下一些放到一旁，其余的则扔向纸篓，边扔边说着"走！进筐"。然后他摇铃，掏钱吩咐身穿勤务员制服的跑腿工去买瓶摩泽尔葡萄酒加两个玻璃杯。跑腿工在门口和一个着急忙慌想要进门的年轻人撞了个满怀。

"领导刚才打来电话，"年轻人气喘吁吁地说，"让我把社论删掉五行。因为有新的消息，它们过时了。我刚从排字车间来，让他们把那五行拿掉了。"

"您真是位多面手。"闵采尔说，"我来介绍一下：这位是很有前程的伊尔冈博士，伊尔冈是笔名；这位是法比安先生。"两人握手。

"但是，"伊尔冈先生窘迫地说，"现在这个栏目少了五行。"

"遇到这种突发情况怎么办？"闵采尔问。

"把这一栏补上。"实习生说。

闵采尔点点头。"排好版的这里面没有吗？"他在长条校样里搜寻着。"售罄，"他宣布，"艰难时刻。"接着他审阅了一遍刚刚剪下来备用的消息，摇了摇头。

"说不定还有能用的送进来。"年轻人提议。

"您真该成为苦行僧，"闵采尔说，"要么就是拘留待审或者别的什么有大把时间的人。需要一则简讯却没有，那就编一则。瞧着点！"他坐了下去，不假思索地奋笔疾书，写了几行递给年轻人。"就这样，走吧，您这个补栏人。要是不够，就扩大四分之一的行间距。"

伊尔冈先生读了闵采尔写的东西，轻声叫了句"万能的父"，便像突然发病一般，一下子瘫坐到沙发榻上，把堆积如山的外文报纸弄得沙沙作响。

法比安俯身读着伊尔冈手中那张颤抖的纸："加尔各答的穆斯林和印度教教徒发生巷战。警察很快控制了局势，但仍有14死22伤。现已完全恢复了平静。"

一个穿着拖鞋的老头吧嗒吧嗒地走进来，把几张打印纸放到闵采尔面前。"总理演讲，待续，"他嘟哝道，"结尾部分她们十分钟后递交。"说完他又拖着脚走了。演讲稿眼下有六张纸，闵采尔把它们并排粘到一起，看上去犹如中世纪的标语横幅，然后开始审校。"麻利点，小姑娘。"他说着，斜眼瞥了下伊尔冈。

"但是加尔各答根本没发生骚乱。"伊尔冈不情愿地反驳道。然后他垂下头，不知所措地说道："14人死亡。"

"没发生骚乱吗？"闵采尔怒气冲冲地问，"您愿意先向我证明这一点吗？加尔各答一直都有骚乱。难不成我们应该报道太平洋又有海怪现身吗？我接下来说的话请您记好了：无法证伪或者几周后才能证伪的消息，就是真实的。现在请您火速离开，不然我就派您去搞铅字排版，把您塞到都市版。"

年轻人走了。

"这种人还想当记者，"闵采尔抱怨道，叹了口气，拿起蓝笔在总理演讲稿上涂来改去，"他适合当个每日新闻的编外学者。可惜没这个岗位。"

"您刷刷几笔就杀死了14名印度人，把另外22名送到了加尔各答的市立医院？"法比安问。

闵采尔加工着总理的演讲词。"那该怎么办呢？"他说，"再说了，为什么要同情那些人？他们都还活着，36人全都活得健健康康。请您相信我，亲爱的，我们编造的东西不比我们删掉的糟。"说着，他又把总理的演讲稿删掉了半页，"新闻报道比写文章能更有效地影响公众意见，但最有效的是，什么也不发。最让人舒服的公众意见始终还是公众没有意见。"

"那您就别发行报纸嘛。"法比安说。

"那我们以什么为生？"闵采尔问，"再说了，我们不做这个做什么呢？"

这时，穿勤务员制服的跑腿工回来了，拿来了葡萄酒和酒杯。闵采尔斟上酒后举杯说道："祝14名死掉的印度人活下去！"说完喝了起来。喝完他又攻击起总理来。"我们威严的国家元首又在胡说八道！"他宣称，"简直是学校的命题作文：水，德国免于沉沦的未来所系。放在六年级，他这篇能得3分。*"他转向法比安，问道："给这种好笑的稿子起个什么标题呢？"

"我更想知道，您要在这篇稿子底下写些什么。"法比安怏怏地说。

那一位又喝了口酒，含在口中让酒液缓慢流动，咽下去后回答说："一个音节、一个词都不写。我们奉命不得在背后攻击政府。如果我们写东西反对，那是伤害自己；如果我们沉默，则对政府有利。"

"我向您提个建议，"法比安说，"您写文章表示拥护！"

"哦，不，"闵采尔大喊，"我们是正直之人。你好，马尔米。"

门口站着一位修长优雅的先生，点了点头走进房间。

"您别见怪，"商业编辑马尔米对法比安说，"他当了20年的记者，已经对自己撒的谎信以为真。闵

---

* 德国三到十年级采用6分制，1分最好，6分最差，3分中等。

采尔先生的良心上盖着十床软乎乎的被子，他在上面睡得好不踏实。*"

那名老递送员又送了打字稿来。闵采尔拿起胶水，把总理的标语横幅补充完整，接着审校。

"您看不惯同事的懒惰，"法比安问马尔米，"您自己都做些什么呢？"

商业编辑微微一笑，当然只是嘴角笑了笑。"我也撒谎，"他回答，"但是我知道自己在撒谎。我知道体系是错的，我们经济界连瞎子都看到了这一点，但是我悉心服务于这个错误的体系。因为在鄙人以区区之才所效力的这一错误的体系框架内，错误的措施自然是正确的，而正确的措施当然就是错误的。我信奉的是钢铁般的恪守不渝，此外我还是……"

"一个玩世不恭的人。"闵采尔眼都不抬，插了一句。

马尔米耸耸肩。"我原本想说，我还是个懦夫。这要更贴切些。我的性格绝对无法匹敌我的头脑。我深感遗憾，但我无能为力。"

年轻人伊尔冈博士走了进来，和闵采尔商量，依据邮局订阅的印数，应该删掉报纸上的哪些报道，

---

* 此处化用德语中的两个说法："ein ruhiges Gewissen haben"（良心无愧）和"den Schlaf des Gerechten schlafen"（安然入睡）。

并收录到都市版中。确实发生了两起屋顶架火灾，此外，日内瓦发表了几句针对波兰境内德意志少数民族的模糊言论，农业部长预计要对易北河东部的大地主提高税收，对城市采购办公室负责人的调查发生了急剧转变。

"我们给总理演讲起个什么样的标题？"闵采尔问，"动起来，诸位。一个好标题10芬尼。得赶紧排好版。如果送晚了，又要和印刷工长吵一架。"

年轻人绞尽脑汁，额头上都冒出汗来。"总理要求信任。"他建议道。

"一般，"闵采尔评价道，"您去取个玻璃杯，先喝口葡萄酒吧！"年轻人遵从了这一建议，仿佛把它当成了一项命令。

"德国或者人心懈怠。"马尔米说。

"别胡说！"政治编辑喊了一句，然后用蓝笔在打字稿上写下一行大字，并宣布，"10芬尼归我了。"

"您究竟写了什么？"法比安问。

闵采尔摁下电铃按钮，庄严地宣布："总理称乐观主义是责任！"递送员取走了稿件。商业编辑从口袋里掏出一张10芬尼的纸币，一言不发地放到书桌上。

他的同事闵采尔惊讶地抬眼望去。

"我以此开启一项迫在眉睫的活动。"马尔米称。

"什么活动？"

"归还您交的学费。"马尔米说。政治编辑的学徒伊尔冈很有分寸地笑了笑，应声冲到电话旁边。"一位订户想问点事，"片刻之后他用手捂住话筒说，"他们在聚餐，打赌'门'这个单词末尾有没有字母 e[*]。"闵采尔从他手里接过听筒。"稍等，"他说，"我们马上答复您，先生。"接着他示意伊尔冈，低声说道："找文艺专栏的人问问。"

年轻人跑着离开了，回来后耸了耸肩。

"我刚刚了解到，'门'这个单词末尾肯定没有字母 e。不客气，再见。"闵采尔把听筒放到叉簧上，摇摇头，把马尔米的 10 芬尼揣了起来。

过后，他们来到报社大楼附近的一家小酒馆。闵采尔让一个排字工人下班回家时把报纸捎了过来，以检查是否一切妥当。他对几个打印错误很是恼火，但对头版的标题很满意。这时戏剧评论家施特罗姆来了。

于是他们卖力地喝起来。年轻人伊尔冈眼看着

---

[*] "门"对应的德语单词为"Tür"，但也有"Türe"的形式。后者多见于方言或文学表达，在现代日常德语中并不常用。

要醉了。评论家施特罗姆把几位有名的导演比作橱窗装饰员,在他看来,当代戏剧是资本主义衰落的征兆。有人插话说,现在没有戏剧家了,施特罗姆却宣称,还是有一些的。

"您也不怎么清醒了。"闵采尔舌头僵硬地表示。施特罗姆莫名其妙地笑了。

与此同时,法比安勉为其难地听着马尔米讲解短期债券。"首先,国家和经济受到的外来影响与日俱增,"这位编辑声称,"其次,只要有一条裂缝,整个屋子就塌了。如果存款被大宗提取,我们就会全军覆没,各家银行、各座城市、康采恩*、国家,都完了。"

"可您在报纸上只字未提。"伊尔冈说。

"我从旁相助,把错误贯彻到底。拥有庞大外形的一切,都令人敬佩,包括愚蠢。"马尔米打量着这位年轻人说,"赶紧出去一趟吧,您身上有一场小风暴要来临。"伊尔冈把头趴到桌子上。"您做运动编辑吧,"马尔米建议,"这个岗位对您温和的性情没有如此之大的要求。"那位实习生站了起来,跌跌撞撞地穿过餐厅向着后门走去,然后不见了。

---

* 德语"Konzern"(企业集团)的音译,资本主义垄断组织的形式之一。

闪采尔坐在沙发上，突然哭起来。"我是个混蛋。"他嘟哝着。

"一种特别俄国化的氛围，"施特罗姆指出，"酒精，自我折磨，成年男人的眼泪。"他受到触动，摸了摸政治编辑的秃头。

"我是个混蛋。"对方嘟哝着，还是老样子。

马尔米朝法比安笑了笑。"国家支持无利可图的大型产业，扶持重工业。重工业把产品赔本供应给外国，在我们国境之内却以高于世界市场的价格出售。原材料太贵了；工厂主压低工资；国家通过税收加速了群体购买力的萎缩，却不敢把税赋加到有钱人身上；资本本来就已经数十亿地逃出国境。这难道不是把错误贯彻到底吗？疯狂难道没有章法吗？这种情况下，任谁都会垂涎三尺！"

"我是个混蛋。"闪采尔嘟哝着，并用下嘴唇去接眼泪。

"您高估自己了，尊敬的先生。"商业编辑说。闪采尔继续哭着，露出委屈的表情。他显然感到自己受了侮辱，别人竟然想阻止他成为——尽管只在喝醉的状态下——他想做的那种人。

马尔米继续饶有兴致地大谈时局。"技术使生产力倍增，废弃了劳动大军。大众的购买力像是得了迅速恶化的肺结核。美国人焚烧粮食和咖啡，防止价格暴跌。在法国，收成太好让葡萄种植者叫苦不迭。您想象一下！人类竟然因为土地太过高产而绝望！粮食过多，却有人吃不上饭！如果这样的世道都不遭雷劈，历史上就更不会有这种气候状况了。"

马尔米站了起来，身子晃了晃，敲了一下酒杯。在座的人都看着他。

"诸位，"他喊道，"我要做个演讲。谁反对，就站起来。"

闵采尔吃力地站起身来。

"站起来的人，"马尔米喊着，"就离开这个酒馆。"

闵采尔又坐了下来，施特罗姆哈哈大笑。

马尔米开始了自己的演讲："如果我们宝贵的地球今天所遭受的疾病落到某个人身上，人们会直接说，他得了脑软化。诸位肯定都知道这种非常令人不快的状况，以及其后果——只能刮骨疗毒。可人们怎么治疗我们的地球呢？用甘菊茶治疗。所有人都知道，这种饮料除了易消化，没有一点用处，但好在喝下去不疼不痒。喝着茶耐心等吧，人们心想；就这样，公众的脑软化进一步发展，成了乐趣。"

"别来这套恶心的医学比喻！"施特罗姆喊，"我反胃。"

"我们不拿医学打比方了，"马尔米说，"我们不会因为同时代的一些人特别卑鄙而毁灭，不会因为另一些人特别愚蠢而毁灭，也不会因为其中几个既卑鄙又愚蠢的人统治着地球而毁灭。我们毁灭，是因为我们所有人灵魂上贪图安逸。我们想改变现状，却不愿意改变自己。'让其他人去改变吧！'每个人都抱着这种想法，继续优哉游哉。人们非法借贷，黑市买卖和利息无穷无尽，唯独不曾开始改进。"

"我是个混蛋。"闵采尔嘟哝着，举起酒杯放到嘴前，却没有喝。

"血液循环中了毒，"马尔米喊，"我们却满足于在地球表面每个出现炎症的地方贴个创口贴。这样能治愈败血症吗？不能。病人终有一天，会贴着一层又一层的创口贴，走向死亡！"

戏剧评论家擦掉额头上的汗水，恳求地看着演讲者。

"您别管这些医学比喻了，"马尔米说，"我们因我们心灵的懈怠而毁灭。我是名经济学家，我向您宣布：当下的危机如果不先从精神上革新，而只想从经济上解决，那就是江湖庸医之术！"

"精神为自己塑造身体。"闵采尔宣称，他撞翻了自己的玻璃杯，放声痛哭，惨不忍闻。马尔米为了压过这位同事的声音，只能提高嗓门："诸位会抗议说，有两大群众运动，不管他们来自左派还是右派,都想治愈败血症,于是他们一斧头把病人的脑袋砍了下来。败血症当然没了,但是病人也没了,这叫作过度治疗。"

施特罗姆先生彻底厌倦了这些疾病比喻,逃走了。角落里的桌子旁,一个胖子艰难地站了起来,试图把头转向演讲者,无奈脖子太过粗壮,只好背对着马尔米说道:"您真该做医生。"说完砰然落座。坐下后他勃然大怒,咆哮道:"我们需要钱,钱,还是钱!"

闪采尔点点头,低声说:"蒙特库科利*也是个混蛋。"说完接着大哭。

角落里那张桌子旁边的胖子无法平静下来。"简直可笑,"他抱怨着,"精神上革新,心灵的懈怠,简直可笑。有了钱,我们全都健健康康。真要有了钱,保准笑呵呵!"

坐在他对面、和他一般胖的女人问:"但我们究竟从哪里弄到钱,阿图尔?"

"我让你插嘴了吗?"他气冲冲地吼道。好不容易平静下来后,他便拉住从身边经过的服务员的燕尾服后襟,说道:"再来一份猪肉冻、醋和油。"

马尔米指着胖子说:"我说得对吧?为了这种蠢

---

* Montecuccoli(1608—1680),神圣罗马帝国军事改革家。

货把脖子伸出去让人砍？我可不想。接着撒谎、做错误的事是对的。"

闵采尔惬意地躺在沙发上，虽然根本没睡，但还是打起了呼噜。"您的汽车可归我了。"他嘀咕着，把眼珠转向马尔米。

过了不久，施特罗姆和伊尔冈回来了。他们相互搀扶着走进来，一副患了黄疸的样子。"我不会喝酒。"伊尔冈抱歉地解释道。两人入座。

"战争的产物，"施特罗姆说，"可怜的一代。"这位戏剧评论家有个本事，哪怕是一些最理所当然、最没有争议的东西，只要由他表述出来，也会显得不可信，引人去反驳。要是他慷慨激昂地脱口而出2乘以2等于4，法比安也会突然怀疑这个算式的正确性。他不再搭理此人，转而观察起马尔米来。马尔米正僵坐在椅子上，眼睛看着别处，察觉到有人在注视着自己，他便强打起精神，看着法比安说："得更注意才是。酒精一入口，嘴上就没了把门的。"

闵采尔现在理直气壮地打起呼噜来，他睡着了。法比安站了起来，和新闻工作者们握手告别。最后和他握手的是商业编辑。

"但也许您是对的。"马尔米说着，露出悲伤的微笑。

"我已经不太清醒了。"法比安站在门口，向着黑夜说道。他喜欢醉意初起之时，那让人以为自己感受到了地球的旋转。树和房子仍各安其位，路灯还没有双胞胎般成对出现，但是地球在旋转，终于感觉到了地球的旋转！可今天他连这种感觉也不喜欢。他与醉意并肩而行，却仿佛与它互不相识。不论地球现在旋转与否，它都是多么奇怪的一个球啊！他不由得想起杜米埃[*]一幅名叫《进步》的画。杜米埃在纸上画了很多蜗牛，它们一只跟着一只地爬，寓指人类发展的速度。但是蜗牛在绕圈爬！这是最糟的。

---

[*] Honoré Daumier（1808—1879），法国画家、讽刺漫画家、雕塑家和版画家。

第四章

第二天早上,法比安疲惫地走进办公室。他宿醉未消。同事菲舍尔一如既往,开工之前先吃早饭。

"您怎么老是饿?"法比安问,"您比我赚得少,而且结了婚,还有个储蓄账户,就这样您还吃那么多,我看都看饱了。"

菲舍尔把饭咽了下去。"我们家都这样,"他解释道,"我们菲舍尔家族以此而闻名。"

"该给您的家族建一座纪念碑。"法比安激动地说。

菲舍尔不安地在椅子上滑来滑去。"趁我还没忘,孔策画了一系列广告,我们得配上押韵的双行诗。这方面您在行。"

"您的信赖让我觉得很荣幸,"法比安说,"但我还得为照片海报写大标题。这段时间您就尽管创作吧。如果作不了押韵诗,吃早饭对您和贵府又有何用呢？"他透过窗户望向香烟厂，打了个哈欠。天空灰不溜秋的，就像自行车车道上的沥青。菲舍尔来来回回地踱步，不满地皱着眉头，捕捉着同韵词。

法比安展开一张海报，用图钉固定在墙上，然后站到房间最远的一个角落，目不转睛地盯着它：海报上有一张科隆大教堂的照片，海报制作者在教堂旁边画了一支高度不逊于大教堂的香烟。他做着记录："无法企及……如此伟大……高耸入云……完全无法企及……"他在履行自己的职责，但不明白，履行职责是为了什么。

菲舍尔押不了韵，安不下心，便挑起话头："贝尔图赫说，马上又要裁员了。"

"确实有可能。"法比安说。

"您怎么办，"对方问，"如果他们把您裁了？"

"您以为，我受过坚信礼后的人生就是在给差香烟设计好广告中度过的吗？如果被这里解雇，我就找个新工作。对我来说，工作多多少少已经不再重要了。"

"讲讲您的故事吧。"菲舍尔请求道。

"通货膨胀时期，我为一家股份公司管理过证券，每天计算两次那些证券的实际价值，以便他们了解自己有多少资本。"

"后来呢?"

"后来我用外汇买下了一家绿色食品店。"

"为什么恰恰要买一家绿色食品店呢?"

"因为我们吃不饱!橱窗上写着:"法比安博士的美食店"。一大早,天还黑着,我们就推着一辆摇摇晃晃的手推车去市场。"

菲舍尔站了起来。"什么?您也是博士?"

"我通过考试的那一年,被博览会组委会办公室录用为地址抄写员。"

"您的博士论文题目是什么?"

"题目叫作:'海因里希·冯·克莱斯特口吃吗?'我原本想依据文笔研究证明汉斯·萨克斯长着扁平足,但是准备工作花费的时间太长。够了,您还是写诗吧!"他不再说话,在海报前踱来走去。菲舍尔好奇地偷偷斜眼看去,但没有勇气再攀谈。他叹了口气,坐在椅子上转过身去,注视着自己的押韵笔记。他决定,用 brauchen(需要)和 rauchen(抽烟)这两个同韵词,于是抚平铺在他面前的书写纸,怀着对这一灵感的信赖闭上了眼。

但是这时电话响了。他拿起来,说道:"对,是这里。稍等,法比安博士就来。"然后他对法比安说:"您的朋友拉布德。"

法比安拿过听筒。"你好,拉布德,什么事?"

"那些香烟佬什么时候开始称你博士了?"朋友问。

"我不小心说漏了嘴。"

"你活该。今天能来我这儿吗?"

"能。"

"2号公寓。再见。"

"再见,拉布德。"他挂了电话。菲舍尔抓住了他的袖子。

"这位拉布德先生明明是您的朋友,您为什么不直呼其名呢?"

"他没名字,"法比安说,"他父母当年忘了给他起名。"

"他根本没名字?"

"没有,您想想吧!他多年以来一直想给自己补一个,但是警察不允许。"

"您在戏弄我。"菲舍尔委屈地喊道。

法比安赞同地拍拍他的肩膀说:"被您发现了。"说完重新致力于自己的科隆大教堂,写下几个标题,拿去给主任布赖特科普夫。

"您可以构思一个巧妙的小型有奖竞猜,"主任说,"您给零售商设计的广告我们都很喜欢。"

法比安微微鞠了一躬。

"我们需要来点新花样,"主任继续说道,"一个有奖竞猜或者类似的。但是一分钱也不能花,您明白吗?监事会最近已经表示,促销预算恐怕只能减半。这对您意味着什么,您可以设想一下,对吧?好吧,年轻的朋友,去工作吧!尽快给我点新东西。但我重申:尽量省钱,再见。"

法比安走了。

当他傍晚踏入自己的房间时——每月80马克,包含早餐,电费另付——发现桌上有一封母亲写来的信。没有热水,洗不了澡。他只好洗了把脸,换了贴身衣物,穿上灰色西服,拿着母亲的信坐到窗前。街上的喧闹如倾盆大雨敲打着窗户。三楼有人在练琴;隔壁一把年纪、自命不凡的总审计师正对着自己的妻子大吼大叫。法比安打开信封,展信读了起来:

"亲爱的好孩子!

"为了让你安心,首先要告诉你的是,医生说了,没什么要紧的。大概是腺体的毛病,上了年纪的人很多都这样,所以看在我的分儿上,不要担心。我一开始很紧张,但是老莱曼会恢复健康的。昨天我去了趟皇宫花园。天鹅们有宝宝了。公园咖啡馆每杯咖啡要价70芬尼,真是厚颜无耻。

"谢天谢地,大洗涤的日子结束了。哈泽太太在最后一刻取消了。她得了血肿,我猜。但是大洗涤对我的身体很有好处。明早我把纸箱拿去邮局，这次一定好好举着，比上次捆扎得还要紧。寄送途中太容易往外掉东西了。小猫坐在我的腿上，它刚吃了一块鸡脖，现在正用头撞我，不想让我写下去。要是你再像上周那样，把钱给我塞到信里，我就把你的耳朵揪下来。我们够用了，你的钱你自己得用。

"你真的愿意给香烟写广告吗？你寄回来的印刷品，我很喜欢。托马斯太太认为，你写这些东西可惜了。但是我说，这不是他的错。今天如果你不想饿死——谁又想饿死呢——就不能干等着正儿八经的工作从天而降。然后我还说，只是个过渡。

"父亲还过得去，但脊柱似乎有点毛病，走起路来腰都弯了。玛尔塔阿姨昨天拿来一打鸡蛋，是她养在花园里的鸡下的。母鸡下得很勤。她是个好姊妹。要是她不用和丈夫生那么多气就好了。

"我亲爱的儿子，要是你不久能再回趟家该多好。上次回来还是复活节。时间过得真快。明明有个孩子，实际上却等于没有；一年见不了几天。真想立即坐上火车过去。以前多好。几乎每晚临睡前我都会看看照片和明信片。你还记得，我们背上背包出门吗？有一次我们回来的时候只剩下了整整1芬尼。一想到这些，我就忍不住笑。

"好啦，再见，我的好孩子。圣诞节前恐怕见不着了。你一直还是那么晚睡吗？向拉布德问好，让他管好你。姑娘们怎么样？留点神。父亲向你问好。来自母亲的很多问候和亲吻。"

法比安把信收起来，向下面的街道望去。为什么他要坐在这个陌生冷清的房间，住在寡妇霍尔菲尔德家里？放在从前，她可用不着出租房子。为什么他没有坐在自己家中、守在母亲身边？他在这座城市，在这个已经变得疯狂的石盒子建筑里干什么呢？就为了写一些辞藻华丽的废话，好让人们比以前抽更多的烟？他大可在自己的家乡耐心地等待欧洲的消亡。因为在他的臆想中，只有被他看着时，地球才会转。这种可笑的在场的需求！其他人都有职业，出人头地，结婚生子，认为这些是正事。而他只能并且自愿地站在篱笆后面看着，渐渐绝望。欧洲休息了一个大课间，老师们离开了，课程表消失了。古老的大陆将无法实现班级目标，没有阶级的目标！

这时，房东太太霍尔菲尔德敲了敲门走进来，说："请原谅，我还以为您不在。"她走近几步，"您昨天夜里听到特罗格尔先生制造的声响了吗？他又把女人带了上来。从沙发就能看出来！再有一次，我就把他赶出去。这让另一间房新来的女房客怎么想？"

"要是那位新房客还相信送子仙鹤，那她就没救了。"

"但是法比安先生，我的房子可不是风月场所！"

"仁慈的太太，众所周知，人到了一定的年龄，某些有悖于房东太太道德的需求就会活跃起来。"

房东太太不耐烦起来。"但他至少带回来了两个女人！"

"特罗格尔先生是个放荡的人，仁慈的太太。您最好通知他，每晚至多只能带一位女士回来。如果他不遵守，我们就让风纪警察把他阉了。"

"人要与时俱进，"霍尔菲尔德太太凑近了些，不无骄傲地宣布，"风俗变了，人就适应，我多少懂一点。说到底，我还没那么老。"

她几乎紧贴在他身后。他看不见她，但是她那无人体察的胸脯似乎如波涛般起伏。一天比一天糟。她就真的找不到人吗？说不定她夜复一夜地，赤着脚，站在代理人特罗格尔先生的房间前，透过钥匙孔检阅他的狂欢。她越来越不正常，有时候盯着他，仿佛要扒掉他的裤子。从前这种女人都会变得虔诚。他站了起来，说："可惜您没有孩子。"

"我走了。"霍尔菲尔德太太沮丧地离开了房间。

他看了看表,拉布德还在图书馆。法比安走到堆着一摞摞书籍和小册子的桌子前。桌子上方的墙上挂着一件刺绣,绣着"一刻千金"几个字。这句格言原本搭在沙发上,他搬进来的时候,把它挪到了书籍上方。有时候他还会随便拿起一本书读几页,几乎没什么害处。

他伸手拿起一本,是笛卡尔写的一本小册子,名叫《关于哲学基础的思考》。六年前他读过。德里施喜欢在口试中提问这方面的内容。六年有时是很长的一段时间,当时街道的另一侧挂着一个牌子:"哈伊姆·皮内斯,收购并出售皮毛"。

关于当年,他就只记得这些吗?在被考官点名叫进去之前,他戴着另一名考生的大礼帽,在走廊上踱步,把校役吓了一跳。那名考生福格特没考过,去了美国。

他坐了下来,打开小册子。笛卡尔要告诉他什么呢?"多年前我就注意到,自己年少时把多少谬误当成真理接受了下来,我此后建立在这一基础之上的一切是多么可疑。正是因此,我认为,如果有朝一日要树立一些稳固持久的理论,那势必要从根本上推翻一切,完全从头开始。但是这在我看来是项艰巨的任务,因此我耐心地等待着适合科学研究的成熟年龄到来。所以我犹豫良久,以致现在如果把行动的时间花在踟蹰上,我就会自责。如今万事俱备。我的精神摆脱了一切忧虑,也有了宁静和闲暇。因此我离群索居,打算认真而自由地全面推翻自己的所有观点。"

法比安望向下面的街道,一辆辆公共汽车像穿着溜冰鞋的大象,沿恺撒大街行驶。他闭了闭眼睛,然后翻到前言浏览起来。笛卡尔宣布自我革命时45岁,他曾短暂参加过三十年战争,小个子,大脑袋。"摆脱了一切忧虑",离群索居搞革命。移居荷兰,房前是郁金香花坛。法比安笑了,把哲学家放到一旁,穿上大衣。他在走廊里遇到了特罗格尔先生,那位女性消耗量极大的代理人。他们相互脱帽致意。

拉布德的2号公寓位于市中心,知道的人不多。每当西方世界、高贵的亲戚、上流社会的名媛和电话让他烦躁时,他就退居此处,沉浸在自己的学术和社交爱好中。

"你上周去哪儿了?"法比安问。

"谢谢,我很好,"拉布德说,喝了口放在他面前的白兰地,"我去了汉堡。莱达向你问好。"

"你的未婚妻好吗?"

"这个以后再聊。"

"从枢密顾问那里听说什么了吗?他读过你的论文了吗?"

"没有。他没时间,忙着授予博士学位、考试、讲座、研讨课和大学评议会会议。等他读完我的大学授课资格论文,我的胡子都要过膝了。"拉布德自斟自酌起来。

"别紧张。你通过莱辛全集重构了这个人的大脑和思维过程,肯定会让那些家伙大吃一惊。在你之前,他一直被描绘成一个空转的逻各斯,而且从没有人弄懂他。"

"我担心他们太过吃惊。从心理学上评定一位已故作家神圣的逻辑,发现思维错误,把这些错误当作有意义的过程进行单独研究,借一位作品早已问世的经典作家来演示摇摆于两个时代的天才人物类型,这些只会让他们恼火。我们耐心等着吧。别管那个老萨克森人了。我剖析了这个家伙五年,拆开来又拼回去!像翻垃圾桶一样在18世纪搜寻,对成年人来说也算项工作嘛!给你自己拿个酒杯来!"

法比安从柜子里取出一只利口酒杯,倒上酒。拉布德目光迟滞。"今早他们在国家图书馆逮捕了一位教授,当时我也在场。是位汉学家,他从一年前开始偷窃并出售图书馆的稀有书籍和图片。被逮捕时,他脸色白得像堵墙,一下子坐到了台阶上。他们给他灌了凉水,然后就带走了他。"

"这个人选错了职业,"法比安说,"既然最后以偷窃为生,当初为什么学汉语呢?真糟糕,现在连语文学家都偷盗了。"

"把酒喝光,走!"拉布德喊。

他们经过市场,穿过上千种令人作呕的气味,去往公共汽车站。"我们去豪普特。"拉布德说。

第五章

豪普特的厅堂里夜夜举办"海滩派对",今晚也不例外。10点整,两打站街女从楼厢鱼贯而下。她们身着彩色泳衣,脚穿卷边中筒袜,踩着高跟鞋。穿成这样,可以免费进入酒吧,并获赠杜松子酒一杯。鉴于行业萧条,这些福利不容小觑。姑娘们先是共舞,让男人们一饱眼福。

一众女郎伴着音乐舞来扭去,让挤在横木前的店员、记账员和零售商激动起来。等领舞大喊,可以扑到女士们身上时,他们便一拥而上。越肥胖无耻的女人越受欢迎,包厢旋即一抢而空。陪酒女忙着涂口红。狂欢可以开始了。

拉布德和法比安坐在坡道上。他们喜欢这个酒吧,因为他们与这里格格不入。他们桌上的电话号码盘闪个不停,电话嗡嗡响。有人找他们。拉布德从叉簧上拿起话筒，放到桌底。他们又清净了。别的噪声，那些音乐、笑声和歌声，不针对个人，所以干扰不了他们。

法比安讲述了夜间编辑部、香烟厂、贪吃的菲舍尔一家和科隆大教堂。拉布德注视着朋友说："你最终还是得前进。"

"我什么都做不了。"

"你做得了很多事情。"

"一码事，"法比安说，"我做得了很多事情，但什么都不想做。我进步有什么用？为了实现什么和对抗什么呢？我们来假设一下，我是一项功能的承载者。我可以发挥功能的体系在哪里？没有这样一个体系，所以什么都没意义。"

"有意义，比如说赚钱。"

"我不是资本家！"

"正因为如此。"拉布德笑了笑。

"我说我不是资本家，意思是：我没有经济头脑。我为什么要赚钱？赚了钱做什么？只为了吃饱的话，没必要前进。无论我是抄写地址，为海报配诗或是卖紫甘蓝，对我来说都无关紧要，根本无关紧要。这些是成年人的使命吗？紫甘蓝批发还是零售，区别在哪儿？我不是资本家，我再跟你说一遍！我不要利息，不要剩余价值。"

拉布德摇摇头。"这是懒惰。赚了钱又不喜欢，可以去换取权力。"

"我要权力干什么？"法比安问，"我知道，你追求权力。但我要权力干什么？因为我不渴求权势。权力欲和金钱欲是姐妹，但她们和我不是亲戚。"

"可以运用权力造福他人。"

"谁这样做了？这个人运用权力是为了自己，那个人为了家人，有人为了他的税率等级，还有人为了金发女郎，第五个为了个子超过两米的人，第六个为了在人身上试验数学公式。我不稀罕金钱和权力！"法比安挥拳打在护墙上，但护墙装了软垫、包了长毛绒，一拳下去没有任何动静。

"如果有一个我梦想中的花园就好了！我就把你的手脚捆了，带过去，让你给自己种下一个人生目标！"拉布德十分忧虑地把手搭到朋友的胳膊上。

"我冷眼旁观。这样毫无价值吗？"

"冷眼旁观帮助到谁了？"

"谁需要帮助？"法比安问，"你想拥有权力，你希望，你梦想着把小市民阶层集合起来加以领导。你想控制资本，驯服无产者。然后你想协助建立一个类似于天堂的文化国家。我告诉你：就算在你梦想的天堂中，人们也会互扇嘴巴！更别说，永远也不可能建成……我有一个目标，遗憾的是它算不上目标。我想帮助人们变得正直理智。目前我正忙着观察他们这方面的才能。"

拉布德举杯高喊："祝你愉快！"他喝完放下杯子说道："首先必须理智地构建体系，然后人们会去适应。"

法比安喝酒不语。

拉布德激动地接着说："你认识到了这一点，对吧？你当然认识到了。但你情愿幻想一个不可企及的完美目标，而不去追求一个可以实现的不完美目标。这样你会更舒服。你没有野心，糟就糟在这里。"

"幸好我没有野心。你想象一下，如果我们的五百万失业者不再满足于领取补助。你想象一下，如果他们有野心！"

这时，两名泳衣天使倚到护墙上，俯下身来。一个胖，金发，胸脯放在长毛绒上，仿佛在等人享用；另一个瘦，从面相来看，应该长着两条罗圈腿。"给支烟吧。"金发女郎说。法比安递过去烟盒，拉布德点火。两个女人抽着烟，期待地注视着两名年轻人，片刻之后，瘦的用粗哑的声音说："那好吧，就这样。"

"谁请喝杯酒？"胖的问。

他们四人向吧台走去。过道两边镶嵌着厚纸板做成的葡萄叶和大串的葡萄。他们坐到一个角落里，墙上画着位于考布*的皇帝行宫。法比安想到了布吕歇尔[†]，拉布德点了利口酒。两个女人交头接耳，大概在分配两名骑士。因为紧接着金发胖女郎便伸出胳膊挽住法比安，另一只手则旁若无人地放到他的腿上。瘦的那位将酒一饮而尽，揪了下拉布德的鼻子，傻里傻气地咯咯笑起来。"楼上有包厢。"她说着，把泳裤从大腿上往上撩，还使了个眼色。

"您的手为什么这么粗糙？"拉布德问。

她伸出手指做威胁状。"不是你想的那样。"她大喊，恶作剧般地打了个嗝。

"葆拉以前在一家罐头厂上班。"金发女郎边说，边拉过法比安的手抚摸自己的胸脯，直到两个乳头变得又大又硬。"我们过会儿去旅馆吧？"她问。

"我全身都剃了毛。"瘦的说，而且并不反感提供证明。拉布德努力拦着，不让她肆意妄为。

"事后睡得更好。"金发女郎对法比安说着，伸出两条肥腿。

吧台的服务员小洛特往杯子里倒满了酒。两个女人喝了起来，像八天没吃过东西一样。音乐低沉地透过来。吧台旁坐着一个大块头，汩汩喝着樱桃

---

* 德国莱茵兰-普法尔茨州的一个市镇。

[†] 似指普鲁士元帅格布哈德·莱贝雷希特·冯·布吕歇尔（Gebhard Leberecht von Blücher，1742—1819）。

烧酒，头发一直垂到后背。普法尔茨的考布背后亮着一盏电灯，照耀着莱茵河，尽管只是从后面照耀着。

"楼上有包厢。"瘦的那个重复道，于是他们上了楼。拉布德点了冷肉拼盘。当盛着肉和火腿的盘子端到两个女人面前时，她们把别的事情忘得一干二净，只顾一个劲地嚼着。楼下的大厅里，正在评选最美女郎。穿着紧身泳衣的女人们站成一圈，转过身来，张开胳膊和手指，诱惑地微笑着。男人们就像站在牲口市场上。

"一等奖是一大盒糖果，"葆拉嚼着东西说，"得了这个奖品的人，得再把它交还给经理。"

"我更想吃东西，还有，别人老是觉得我的腿太粗，"金发女郎说，"粗腿才是最好的。我跟一位俄国侯爵好过，他到现在还给我写明信片。"

"胡说八道！"葆拉抱怨道，"每个人想要的不一样。我认识一位先生，一位工程师，他喜欢肺病患者。维多利亚的男朋友驼背，她说这是她生命的必需。你也可以反对。我认为，最重要的是，人得明白自己那档子事。"

"学会了，忘不了了。"胖女人声称，并把最后一片火腿从盘子上捞了起来。楼下的大厅里正宣布最美女郎得主。小型乐队高声奏乐以示敬意。经理给获胜者发了一大盒糖果，她兴高采烈地向他表示感谢，对着拍手欢呼的宾客们鞠了一躬，就拿着奖品走了，很可能是送还到办公室去。

"您究竟为什么不在您的罐头厂上班了？"拉布德问，听起来颇有责备之意。

葆拉把空盘子一推，摸了摸自己的肚子，说道："首先，那不是我的罐头厂；其次，我被裁员了。幸运的是，我知道经理的一点事，他诱奸了一个14岁的女孩。说诱奸是夸张，但他被我唬住了。我每两周给他打一次电话，要是不给我50马克，我就把这件事传扬出去。每次打完电话，第二天我就到财务处去取钱。"

"这是勒索！"拉布德大喊。

"经理派来对付我的律师也这么说。我只好在一份破文件上签了名，拿了100马克，终身年金就这么没了。于是，我就来到这里，靠着身子糊口。"

"真可怕，"拉布德对法比安说，"简直骇人，多少经理滥用职权。"

胖女人喊："哎呀，你说什么呀。我要是个男人，还是一家工厂的经理，那我就一直滥用职权。"说完她摸摸法比安的头发，给他一个吻，抓住他的手，平放到自己的肚子上。拉布德和葆拉跳起舞来。葆拉果然长着罗圈腿。

隔壁的包厢有个醉酒的女人在大声歌唱：

"爱情是消磨时间,

"为此要动用下半身。"

胖女人说:"隔壁是个怪人。她根本不属于这里,来的时候穿着昂贵的皮大衣,但里面穿得完全透明。听说是来自西边的一个富婆,都结婚了。她把年轻小伙子带到包厢,付给他们钱,吹起牛来连四面墙都脸红。"法比安站起来,越过半高的隔断望过去。

隔壁坐着一个身穿绿色丝绸泳衣的女人,个子很高、身材很好,一边唱着歌一边扒一名国防军士兵的衣服。那士兵绝望地做着抵抗。"小子!"她喊,"别给我留个这么软软塌塌的印象!动起来!出示证件!"但是勇敢的战士把她往后一推。法比安突然想起那个著名的埃及法老的内臣之妻,就这样无耻地纠缠过亚伯拉罕富有天赋的曾孙,可怜的约瑟。*这时绿衣女人站了起来,抄起香槟杯,跌跌撞撞地走向护墙。

那不是波提乏太太†,而是莫尔太太,那位伊雷妮·莫尔,她家的钥匙还揣在法比安的大衣里。

她晃晃悠悠地站在栏杆前,高高举起锥形的酒杯,向楼下的大厅扔去。杯子在舞池中碎裂。乐师

---

* 参见《圣经·创世记》第三十九章。
† 即上文的埃及法老的内臣之妻。

们放下乐器，一对对舞伴扬起了头，所有人都看向包厢。

莫尔太太伸出一只手，大喊："就这也自称男人！一抓就散架！最尊敬的女士们，我建议，关起这帮家伙来。最尊敬的女士们，我们需要男妓院！支持的人举手！"她使劲地拍了拍自己的胸脯，却拍出了一个嗝。大厅里的人都笑了。经理向她走来。伊雷妮·莫尔哭了，睫毛上涂的黑膏变成了液体，眼泪在她脸上画出一道道黑线。"我们歌唱吧！"她哽咽着、打着嗝大喊，"我们唱最优美的钢琴曲！"她张开双臂吼起来：

"人也只是一种动物，

"始终都是动物，成双成对的时候尤甚。

"来吧，在我身上弹奏钢琴！

"来吧，在我身上弹奏

"快速练习曲。

"我为此而……"

经理捂住她的嘴，她误会了这个动作，一把抱住他。这时她看到了望向她的法比安，就挣脱开，大喊着："我认识你！"然后扑向他。但那名国防军士兵此时已经平静了下来，和经理紧紧抓住她，把她按在椅子上。大厅里又响起了音乐，跳起了舞。

这一幕上演时，拉布德买了单，给了葆拉和胖女人一点钱，便拉着法比安走了。

在衣帽间，他问："她真的认识你？"

"对，"法比安说，"她姓莫尔，丈夫是律师，每次有人陪她睡觉，丈夫就付一笔钱。这个奇怪家庭的钥匙还在我的口袋里。就是这串。"

拉布德从他手里拿过钥匙，叫道："我马上回来！"于是头戴帽子、身穿大衣又跑了进去。

第六章

他们来到了大街上,拉布德生气地问:"你和那个疯女人发生关系了吗?"

"没有,我只是去过她的卧室,她脱了衣服。这时突然进来一个男人,声称和她是夫妇,但让我别受影响。他朗读了一份两人缔结的不同寻常的合同。之后我就走了。"

"你为什么要拿着钥匙?"

"因为房子的前门锁了。"

"一个令人毛骨悚然的女人,"拉布德说,"她烂醉如泥地趴在桌上,我赶紧把钥匙塞进了她的手提袋。"

"你不喜欢她吗?"法比安问,"她的身材明明很抢眼,却长了一张放肆稚嫩的脸,显得极其不相称。"

"要是她长得丑,你早就把钥匙交到门卫那里了。"拉布德拉着朋友继续走。他们慢悠悠地拐进一条支路，从舒尔策-德利奇[*]纪念碑前走过；继续前行，经过麦克舍博物馆，石制的罗兰像[†]阴沉地倚在一个爬满常青藤的角落，施普雷河上有一只汽船在哀嚎。来到桥上，他们驻足，望向昏暗的河流和无窗的库房。弗里德里希之城的夜空灯火辉煌。

"亲爱的斯特凡，"法比安轻声说，"你这样关心我，我很感动。但是我并不比我们的时代更不幸。你想让我比时代更幸福？你做不到的，就算你给我搞到一个经理的职位、一百万美元或者一个我爱的正派女人，甚至三样都给我，你也没法让我幸福。"一艘黑色小船沿河漂流，船尾闪着红灯。法比安把手搭在朋友肩上。"先前我说，我把时间用来好奇地旁观世人是否有向善的天赋，其实我只说了一半的实话。我这样游手好闲，还有一个原因。我无所事事地等待着，就像我们当年在战争期间知道自己被征召入伍时那样。你记得吗？那时候我们写作文、听写，表面上在学习，但是学或不学都一样，反正

---

[*] Hermann Schulze-Delitzsch（1808—1883），德国政治家和经济学家。

[†] 德国北部、中北部很多城市的集市广场上都会有的一尊身穿铠甲、手持利剑的骑士立像。

要去打仗。我们难道不是如同坐在一个玻璃罩下，别人缓慢但是不停地往外抽着空气？我们开始坐立不安，但不是因为忘乎所以，而是因为害怕。你记得吗？我们那时候什么都不想错过，我们有一种危险的对生活的饥渴，因为我们认为，那是死刑前的最后一餐。"

拉布德凭栏俯视着施普雷河。法比安激动地走来走去，如同在自己的房间里来回踱步。"你记得吗？"他问，"半年后我们做好了开拔的准备。我得到了八天的假期，去了格拉尔*，因为我小时候去过那里。当时是秋天，我忧伤地走在崎岖的杨树林里。波罗的海波涛汹涌，来疗养的游客屈指可数。其中十个女人还过得去，我和她们中的六个睡过觉。不久的未来下定决心要把我加工成血肠。在那之前我该干什么？读书吗？磨炼我的性格？赚钱？我坐在一间巨大的候车室里，它叫作欧洲。八天后火车就会开，我知道这一点。但是火车开向哪里，我会变成什么样子，没有人知道。现在我们又一次坐在了候车室里，这个候车室还是叫作欧洲！我们还是不知道会发生什么。我们得过且过，危机没完没了！"

"见鬼！"拉布德大喊，"如果所有人都像你这

---

* 德国梅克伦堡-前波莫瑞州的一个镇。

样想，就永远不会稳定！我难道就没感觉到这个时代得过且过吗？这种不快是你的特权吗？但我没有冷眼旁观，我尝试着理智行事。"

"理智的人不会掌权，"法比安说，"正义的人更不会。"

"是吗？"拉布德走到朋友眼前，双手抓住他的大衣领子，"难道他们不还是应该放胆一试吗？"

这时两人听到了一声枪响和一声惊叫。片刻之后又从另一个方向传来三声枪响。拉布德沿桥直奔博物馆，消失在黑暗中。又是一声枪响。尽管心脏痛，法比安还是一边跑着去追拉布德，一边对自己说："祝你愉快！"

麦克舍博物馆旁的罗兰像脚下蜷缩着一个男人，手持一把左轮手枪，咆哮着："等着吧，混蛋！"说完，朝街道对面不知藏身何处的敌人开了一枪。一盏路灯碎了，玻璃哐哐当当砸在铺石路面上。拉布德从男人手里夺过武器，法比安问："您到底为什么要坐着射击？"

"因为我的腿中弹了。"男人嘀咕着。他年轻敦实，戴着一顶帽子。"你这个畜生！"他吼道。"但我知道你的名字。"他对着黑暗威胁道。

"直穿小腿肚。"拉布德查验完毕，跪了下来，从大衣里掏出一块手帕,试着做紧急包扎。

"从那边的酒馆打起来的,"伤者哭诉着,"他把一个纳粹万字符画到了桌布上。我说一句,他跟一句。我使劲捆了他一记耳光。店主把我们赶了出来。那家伙追着我跑,大骂国际主义运动。我转过身去,他就开起枪来。"

"至少现在服气了吧?"法比安问,低头看着牙关紧咬的男人,因为拉布德在处理他的伤口。

"子弹不在里边了,"拉布德说,"这里就没车过来吗?像乡下一样。"

"连个警察都没有。"法比安遗憾地得出结论。

"警察来了我更麻烦!"伤者想试着站起来,"这样他们又能关起一个无产者来,就因为这个无产者丢人现眼地让纳粹打断了骨头。"

拉布德拦住那人,又把他拽到地上,命令朋友去叫辆出租车。法比安跑过马路,拐了个弯,摸黑沿着岸边的道路找起来。

最近的一条支路上停着几辆车。他委托一位司机开到麦克舍博物馆旁的罗兰像那里,有人要坐车。汽车一溜烟不见了,法比安步行跟在后面。他缓慢地深呼吸,心脏疯狂地跳动。它在西装上衣下面敲打,在嗓子里拍击,在头盖骨下叩动。他站住脚,擦干额头。这场该死的战争!这场该死的战争!打仗时患上了心脏病，虽然不是大毛病，但这件纪念品已经足以让法比安满意了。据说外省散落着孤寂的建筑，里面仍然躺着伤残士兵。缺胳膊少腿的男人们，面目可怖的男人们，丢了鼻子，没了嘴巴。无所畏惧的护士们，用细玻璃管给这些破相的家伙注入食物。原先的嘴巴现在成了结疤的窟窿，被插进了细玻璃管。一张原本能笑能说能喊的嘴巴。

法比安拐过弯去。另一边就是博物馆，博物馆前停着那辆汽车。他闭上眼睛，回想自己曾见过的那些不时出现在他的梦中、让他惊恐的照片。这些肖似上帝的可怜人！他们仍然躺在那些与世隔绝的房子里，不得不让人喂食，不得不活下去，因为杀死他们是罪孽。但用喷火器吞噬掉他们的脸是正当的。家人们对这些男人、父亲和兄弟的现状一无所知，还以为他们失踪了。15年过去了，女人们改嫁他人，殊不知亡夫正在勃兰登堡边境的某个地方被人用玻璃管喂食，而活在自己家中的，只有沙发上方的一张漂亮相片、枪管里的一束花，后一任丈夫端坐其下，安然享受。什么时候再有战争？什么时候又会发展到这个地步？

突然有人喊"你好！"，法比安睁开双眼，循声望去，只见那人躺在地上，一只胳膊肘撑着身体，一只手按在屁股上。

"您怎么了？"

"我是另一个，"那人回答，"我也受了重伤。"

法比安大步走过去，哈哈大笑起来。对面博物馆的建筑里，回声也跟着一起笑。

"请您原谅，"法比安大声说，"我这么高兴不太礼貌。"那人抬高一只膝盖，做了个鬼脸，打量了下自己血淋淋的双手，恼怒地说："随您的便。总有一天叫您笑不出来。"

"你为什么站在这里呀？"拉布德嚷着，气呼呼地跑到马路这边。

"哎，斯特凡，"法比安说，"这里坐着决斗的另一方，子弹留在了屁股里。"

他们喊来司机，把纳粹抬上了车，挨着与他交过火的伙伴。法比安和拉布德爬到后面坐下，吩咐司机把他们送去最近的医院。车开了。

"很疼吗？"拉布德问。

"还行。"两名伤者异口同声地回答，并阴沉着脸相互打量。

"你这个下等人！"一个喊。

"你这个笨蛋！"另一个喊。

店员去掏口袋。

拉布德抓住他的手腕。"把手枪交出来！"他下令。那人反抗。法比安掏出他的枪收了起来。

"先生们，"他说，"德国这样下去不行，我们所有人大概都同意这一点。企图借助冷酷的专制来让难以维持的状况长存，这是罪孽，很快就会受到应有的惩罚。尽管如此，您二位往彼此最隐蔽的身体部位上射窟窿，也没有任何意义。就算打得更准一些，现在打进了验尸房，而不是医院，那也实现不了什么特别的目标。您的党派，"他说的是法西斯，"只知道斗争，但知道得也不确切。而您的政党，"他转向工人，"您的政党……"

"我们与无产阶级的剥削者做斗争，"这人宣称，"您是一名资产者。"

"当然，"法比安回答，"我是个小市民，这在今天是句很严重的骂人的话。"

店员疼得厉害，用没受伤的半边屁股坐着，身子倾斜，强撑着不让脑袋碰到对方。

"无产者是一个利益联合，"法比安说，"它是最大的利益联合。你们争取自己的权利，这是你们的责任。我是你们的朋友，因为我们有着同一个敌人，因为我热爱公正。我是你们的朋友，尽管你们对此不屑一顾。"

"我们……"那人开口。

"我们还是别说这个了。"拉布德打断他。

汽车停了。法比安走到医院大门前按铃，门房开了门,卫生员赶来把两名伤员抬出车。当值的医生与法比安和拉布德握手。

"您二位给我送来两名政治家?"他微笑着问,"今天半夜总共送来九个人,其中一个腹部受了严重的枪击,都是工人和职员。二位注意到了吗?他们大多住在郊区,彼此认识。给人的印象是,他们想通过枪毙彼此,来降低失业数目。奇怪的自救方式。"

"可以理解民众为什么骚动。"法比安认为。

"是,当然,"医生点点头,"欧洲大陆得了饥恶伤寒。病人已经开始说胡话、乱打一气。保重!"大门关上了。

拉布德付给司机钱,打发他开车走了。他们两人沉默地并肩而行。拉布德突然停下说:"我现在还不能回家。走,我们去无名氏卡巴莱*剧场。"

"那是什么?"

"我也不清楚。一个机智的家伙偶然结识了一些半疯半傻的人,让他们又唱又跳。他付给他们几个马克,他们为此就要任由观众辱骂和嘲笑;可能他们根本没有意识到这一点。据说这家剧场宾客盈门。这也是理所当然,去那里的人看到有人比自己

---

* 一种具有喜剧、歌曲、舞蹈及话剧等元素的娱乐表演,盛行于欧洲。表演场地主要为设有舞台的餐厅或夜总会。

还疯狂,肯定很高兴。"

法比安赞同。他又回头望了望医院,医院上方闪烁着大熊星座。"我们生活在一个伟大的时代,"他说,"而且一天比一天更伟大。"

第七章

卡巴莱门前停着很多私家车。一个留着红胡子的男人，头戴鸵鸟毛礼帽，手持一柄巨戟，倚着剧场的门高呼："都来软垫格子间！"拉布德和法比安进去，存放好衣帽，在拥挤不堪、烟雾缭绕的房间里找了很久，才在一个角落的桌子旁找到座位。

在摇摇晃晃的舞台上，一个姑娘在傻笑着跳跃，显然是个舞女。她穿一件绿得刺眼、自己缝制的连衣裙，手拿一根缀着假花的藤蔓，每隔一段固定的时间就把自己和藤蔓抛向空中。舞台左侧，一个没牙的老头坐在一台走调的钢琴前，弹着匈牙利狂想曲。

看不出舞蹈和钢琴演奏是否相关。观众全都衣着优雅，一边喝着葡萄酒，一边大声说笑。

"小姐，有您的紧急电话！"一位秃头的先生喊道，至少是总经理。其他人笑得更欢了。舞者恋恋不舍，继续微笑和跳跃。这时钢琴声停了，狂想曲结束了。舞台上的姑娘抛给弹琴的老头一个怨恨的眼神，接着跳跃，舞蹈还没完。

"当妈的，你的孩子喊你了！"一位戴单片眼镜的女士发出尖锐刺耳的喊声。

"您的孩子也喊您了。"远处一张桌子旁有人说。

女士转过身来说："我没有孩子。"

"那他们可以开怀大笑了！"后台有人喊道。

"安静！"又有人大吼。吵闹结束了。

姑娘还在跳，虽然她的腿肯定早就跳疼了。等她自己觉得跳够了，才在降落时行了个失败的屈膝礼，笑得比刚才还要傻，并展开双臂。一位身穿吸烟装的胖先生站了起来。"好，很好！您可以明天来拍打地毯！"

观众又是吵嚷又是鼓掌。姑娘行了一个又一个屈膝礼。

这时幕后出来一个男人拉她。尽管姑娘激烈反抗，但还是被拉下舞台，那男人自己却走到舞台前沿。

"棒，卡利古拉！"一位坐在第一排的女士喊。

卡利古拉，一个胖乎乎的年轻犹太人，戴着牛角框眼镜，转向坐在喊话的女士身旁的先生。"这是您的妻子吗？"他问。

那位先生点点头。

"那就请您告诉您的妻子,让她住嘴!"卡利古拉说。人们鼓掌喝彩。那位先生脸红了,他的妻子却受宠若惊。

"安静,你们这些蠢货!"卡利古拉一边喊一边举起双手。大家静了下来。"刚才的舞台演出让人大开眼界,是吧?"

"是!"所有人大喊。

"但是还有更加精彩绝伦的。现在我派一个出来,他叫保罗·穆勒,来自萨克森的托尔克维茨。保罗·穆勒说萨克森方言,扮演一名朗诵者。他将为诸位朗诵一首叙事谣曲。请做好最坏的打算。没搞错的话,来自托尔克维茨的保罗·穆勒是个疯子。我不惜代价为我的卡巴莱挖来了这一宝贵的人才。因为我无法容忍,只有观众席中有疯子。"

"真是欺人太甚!"一名脸上有一道剑伤疤痕的观众喊。他暴跳如雷,紧紧攥着西装上衣。

"坐下!"卡利古拉撇着嘴说,"您知道您是什么吗?一个白痴!"

那个受过大学教育的人[*]一副气呼呼的样子。

"此外,"卡巴莱老板继续说,"顺便说一下,我说的白痴不是侮辱人,而是一种特征。"

---

[*] 旧时德国大学生流行用剑或军刀决斗,因此脸上常有疤痕。

观众大笑鼓掌。有着剑伤疤痕、满脸怒气的先生被熟人拉到椅子上,接受他们的安慰。卡利古拉拿起一个铃铛,像守夜人一样摇铃喊道:"保罗·穆勒,现身!"然后就消失了。

从幕后走出一个脸色特别苍白的细高个儿,衣衫褴褛。

"你好,穆勒!"人们大吼。

"他长得太快了。"有人说。

保罗·穆勒鞠了一躬,脸上浮现出挑衅的严肃,双手抚过头发,紧紧按在眼睛前。他在集中心神。突然,他把手从脸上挪走,伸出来,张开手指,猛地瞪大眼睛,说道:"保罗·穆勒的死亡之旅。"说完又向前迈了一步。

"别掉下来!"被卡利古拉命令闭嘴的女士喊道。

保罗·穆勒叛逆地又向前迈了一小步,鄙视地望向下面的观众,重复道:"保罗·穆勒的死亡之旅。"

"这是霍恩施泰因伯爵。

"他囚禁了自己的女儿。

"女儿爱上了一名军官。

"父亲说:'你留在我的身边!'"

这时,观众席上有人往舞台上扔了一块方糖。

保罗·穆勒弯下身，装起那块糖，用不祥的声音继续说道：

"那就只能私奔，伯爵小姐，
"坐着她 10 马力的汽车跑了。
"她驶过深夜和困苦。
"但水箱上坐着死亡！"

又有人把糖扔到了舞台上。估计厅里坐着很多常客，对艺术家的习惯了如指掌。其他客人有样学样，方糖逐渐连珠炮似的袭来，穆勒只好频频弯腰去捡。

叙事谣曲朗诵发展成屈膝进行。穆勒还试图张大嘴去接朝他飞来的糖块。他的脸色越来越可怕，声音越来越阴沉。人们从朗诵中得知，在那个可怕的夜晚，不光霍恩施泰因伯爵小姐开着车去找她的军官，而且她的恋人也开车行驶在路上，他以为小姐还在宫殿，便向宫殿驶去，而小姐正匆匆向他赶来。由于两位恋人走的是同一条公路，那是个细雨连绵、雾气蒙蒙的夜晚，而且诗的名字叫"死亡之旅"，所以两辆车很可能会相撞。保罗·穆勒连这方面的最轻微的怀疑也消除了。

"闭上嘴，要不然锯末就从你脑壳里掉出来

了！"一个声音吼道。但是车祸已经无法再阻挡。

"那名军官的车从左侧驶来,
"她的车从右侧驶来。
"雾浓得可怕。
"劫数已定。
"左侧一声惊呼,
"右侧一声惊呼——"

"根据精确计算总共是两声!"有人高喊。人们欢呼鼓掌。他们听腻了保罗·穆勒,对悲剧的结尾失去了好奇。

他继续朗诵。但是只看到他的嘴巴在动,什么也听不见,死亡之旅淹没在活人的噪声中。终于,瘦瘦的叙事谣曲诗人怒不可遏。他跳下台子,晃着那位女士的肩膀,香烟从她嘴里甩了出来,掉到蓝色丝绸的衣裙边缘。她尖叫着跳起来,她的陪同者也起身开骂,听着像狗吠。保罗·穆勒猛地推了这位护花使者一下,对方踉跄着坐回到椅子上。

这时卡利古拉出现了。他怒气冲冲,像个咬牙切齿的驯兽员,抓住那个托尔克维茨人的领带,把他拉进了演员的房间。

"呸，魔鬼，"拉布德说，"台下是撒旦，台上是疯子。"

"这是项国际化的运动，"法比安说，"巴黎也有这种把戏。那里的观众高喊：'除掉他！'然后就有一只巨大的木手吃力地从布景中挤出来，把最可怜人从视野中铲除。他被清除了。"

"那家伙自称卡利古拉。他博学多闻，甚至熟悉罗马史。"拉布德起身离座，他厌倦了。法比安也站了起来，这时有人用力打了一下他的肩膀。他转过身，只见脸上有剑伤疤痕的男人站在他的面前，容光焕发，高兴地大叫："老兄，你过得究竟怎么样？"

"谢谢，很好。"

"天哪，再次见到老兄你，我可真高兴啊！"这个受过大学教育的人给了法比安胸前欢乐的一击，正打在一颗衬衣纽扣上。

"您来，"法比安说，"我们到外面接着打！"然后他穿过一把把椅子，挤到前厅。"亲爱的，"他对正穿着大衣的拉布德说，"我们快点，刚才有个人不停地跟我称兄道弟。"他们拿起帽子。但是为时已晚。

脸上带剑伤疤痕的男人推着一个满脸雀斑的女人走过来，仿佛她不会走路一样，并且对她说："你看，梅塔，这位先生是我们中学时的第一名。"他对法比安说："这是我的妻子，老兄。某种程度上说，我的另一半。我们生活在雷姆沙伊德[*]。我放弃了候补文职人员[†]的身份，进了我岳父的公司。我们做浴缸。要是你什么时候需要一个，我可以按批发价卖给你。哈哈！对，我过得很好。谢谢。婚姻幸福，住联排别墅，后面是个大花园，现金也不少，孩子我们也有，但是还不大。"

"孩子才这么大。"梅塔抱歉地说，用两只手比画着孩子有多小。

"孩子还会长的。"拉布德安慰道。女人感激地注视着他，挽起丈夫的胳膊。

"那么，老朋友，"上过大学的人又说，"现在讲讲，你这些年都做了什么？"

"没什么特别的，"法比安说，"眼下我正在制造导弹。我想看看月球。"

"优秀！"入赘浴缸业的那人大喊，"德国领先世界！你弟弟怎么样？"

"您带给了我一个好消息，先生，"法比安说，"我早就希望有个弟弟。我插一个小问题：您究竟在哪里上的中学？"

"当然是在马尔堡。"

---

[*] 北莱茵-威斯特法伦州的一座城市。
[†] 第二次国家考试及格后获得的（尤指任职学校和法院的）资格。

法比安遗憾地耸耸肩。"听说是座迷人的城市，很遗憾，我根本没去过马尔堡。"

"多有打扰，"那人嘎嘎地叫唤着，"认错人了，长得一模一样，别见怪。"他并拢双脚的脚后跟，命令道："来，梅塔！"说完扬长而去。梅塔尴尬地看了一眼法比安，朝拉布德点点头，跟着丈夫走了。

"这种蠢货！"法比安很恼火，"和完全陌生的人攀谈，装得很熟络。我怀疑卡利古拉辱骂这个家伙是他导演的卡巴莱的一部分。"

"不至于，"拉布德说，"浴缸肯定是真的，很小的小孩也是真的。"

他们向家里走去。拉布德沮丧地看着铺石路面。"真是耻辱，"片刻之后他说，"这个昔日的候补文职人员有房子，有花园，有工作，有个长雀斑的妻子和一切的一切。我们这样的人却像流离失所的流浪汉，过着艰难困苦的生活，没有固定工作，没有固定收入，没有固定的目标，甚至没有固定的女朋友。"

"你明明有莱达。"

"最让我愤愤不平的是，"拉布德接着说，"这样一个家伙居然有个自己的亲生孩子。"

"不用羡慕，"法比安说，"这个法律专业的浴缸工厂主是例外。如今哪个人30岁就能结婚？这个人失业，另一个明天就丢工作，第三个人还从没找到过工作。我们的国家目前还没做好后辈成长起来的准备。经济情况很糟的人，最好保持单身，而不是让女人和孩子参与到自己的生活中来。谁执意把别人拉进来，那他的行为至少很轻率。不知道'有人分忧，忧愁减半'这句话是谁发明的，如果这个废话连篇的家伙还活着，那我祝他有每月200马克的收入和一个八口之家，这样他就可以把自己的痛苦除以8，直到他死。"法比安怀疑地看着朋友，"再说了，你有什么好沮丧的？你父亲明明给你钱。等你取得了大学授课资格，你还能再多赚些。等和莱达结了婚，也就没什么能阻止你享受当父亲的喜悦了。"

"除了经济上的，还有其他麻烦，"拉布德说，他停住脚，向一辆出租车招手，"别生我的气，我现在想一个人待着。你明天能去我父母家接我吗？我得告诉你些事情。"他往朋友手里塞了点什么，就钻进等候的出租车中。

"关于莱达吗？"法比安隔着打开的窗户问。

拉布德点点头，然后把头垂下。汽车开了。

法比安目送着汽车离开，喊道："我明天过去！"但是车已经开远了，他以为的红色尾灯可能是只萤火虫。这时他想起手里还攥着东西，看了看，是一张50马克的纸币。

第八章

拉布德的父母住在格吕内瓦尔德*的一座很大的希腊神庙内。倒不是真的神庙,而是一座别墅;实际上他们也根本不住在那里。他母亲经常旅行,大多是去南方,住在卢加诺†的一座乡村别墅里。首先,她喜欢卢加诺湖畔胜于格吕内瓦尔德湖畔;其次,拉布德的父亲认为,妻子柔弱的身体需要在南方盘桓。他非常爱自己的妻子,尤其是当她不在的时候。他的爱意随着两人之间距离的拉长而倍增。

他是知名的辩护律师。他的客户有很多的钱和打不完的官司,因此他也有打不完的官司和花不完的钱。他爱自己的职业,但这职业带来的兴奋满足

---

*　德国勃兰登堡州的一个镇。
†　位于瑞士提契诺州。

不了他。他几乎夜夜都去牌戏俱乐部。自己的家散发出的宁静让他反感，妻子充满责备的眼神令他绝望。两个人都怕遇到对方，于是都尽可能避免待在别墅。儿子斯特凡如果想见自己的父母亲，就只能参加他们冬天举办的社交聚会。他对这类活动一年比一年厌烦，最终再也不参加了，因此只有无意中才会遇到父母。

关于父亲的大多数情况，他都是从一名年轻女演员那里听说的。那是在一次化装舞会上，她向他详细描述了当时资助她的一个男人。轻浮的女人有时候试图通过在闲谈中泄露昔日金主的隐私和习惯，来房获情人。斯特凡在交谈过程中发现，她说的是司法顾问拉布德，便逃也似的离开了那场舞会。

法比安不喜欢来格吕内瓦尔德别墅。他觉得这种别墅大肆铺张，极为荒谬。他根本想象不出，在这种奢华的环境中能摆脱客居之感。因此他觉得，其他所有原因忽略不计，单凭这一点，拉布德的父母在这座豪宅中逐渐疏远也完全正常。

"可怕，"他对坐在书桌旁的朋友说，"每次我来这里，都期待着你们的仆人给我穿上毛毡拖鞋，领着我参观宫殿。要是你告诉我，大选帝侯是坐着这把椅子开赴费尔贝林[*]战役的,那我也乐意相信。另外,谢谢你给我的钱。"

拉布德打了个手势表示不用谢。"你知道,我手头有闲钱。别说这个了。我请你过来,是想告诉你我在汉堡的经历。"

法比安站了起来,坐到沙发上,也就是拉布德的背后。朋友在讲话过程中不用看着他。

两人都向窗外望去,看向绿色的树木和红色的屋顶。窗户开着,有时会飞来一只小鸟,在窗台上踱步,歪着脑袋打量着房间,复又飞回花园。还可以听到有人在用耙子翻着小石子路。

拉布德直直地看向离窗户最近的一棵树的树枝。"拉索写信告诉我,他要在汉堡大学最大的教室,面向所有专业的学生,以'传统和社会主义'为主题做场报告。他向我提议,作为第二报告人或者在讨论的框架内讲讲我的政治计划。我坐车过去了。报告开始后,拉索向学生们讲述了自己的俄罗斯之旅,以及他与俄罗斯艺术家和科学家的经历和对话,其间他不停地被社会主义的大学生团体代表所打断。随后,一名共产党员发言,却受到资产阶级代表的干扰。然后轮到了我。我概述了欧洲资本

---

[*] 德国勃兰登堡州的一个镇。

主义的状况，要求资产阶级青少年变得激进并且竭力阻止欧洲大陆毁灭，虽然它已经方方面面、或被动或主动地做好了毁灭的准备。这些青少年，我说，马上要在可预见的未来接手政治、工业、地产和商业的领导权，父辈因经营不善而败落，革新欧洲大陆是我们的任务：通过国际协议，通过自愿减少个人利润，通过缩减资本主义，把技术限制在合理的尺度内，提高社会效率，在文化上深化教育和课堂。我说，这一新的阵线、这种各等级的相互联结是可能的，因为青少年，至少其中的精英，厌恶肆无忌惮的利己主义，此外他们也足够聪明，相比于体系不可避免的崩溃，他们更偏爱返回有机的状态。既然阶级统治必不可少，我说，那就该选择我们工人阶级的政权。听了我的报告，极端团体的代表们普遍欢欣鼓舞。但是当拉索提出建立激进的资产阶级倡议小组时，他获得了赞成。小组成立了。我们草拟了一项倡议书，计划向所有欧洲大学发出。拉索、我和另外几个人想访问德国各高校、做报告并成立类似的团体。我们希望，会同社会主义的大学生建立一种社团组织联合会。当我们在所有大学都成立了社团，它们就会游说其他知识团体。事情进行了起来。我昨天对你只字未提，因为我充分了解你的疑虑。"

"我很高兴,"法比安说,"我很高兴,你现在开始着手实现自己的计划。你和独立民主党团体取得联系了吗?哥本哈根成立了一个'欧洲俱乐部',你记下来。别因为我怀疑青少年的驯顺而过于恼火,也不要因为我不相信理性和权力会联姻而气恼。遗憾的是,这涉及二律背反。我深信,对人类的本性而言,只存在两种可能性:要么他们不满于自己的命运,为了改善处境而彼此杀害;要么相反,这只是纯粹理论上的情景,他们与自己和世界串通一气,继而由于无聊而自杀。效果是一样的。只要人仍然混蛋,再神圣的体系又有什么用?话说回来,莱达对此是什么意见?"

"她没发表任何意见。因为她不在场。"

"为什么不在?"

"她不知道我到了汉堡。"

法比安惊讶地站了起来,随即又默默坐了下去。

拉布德张开双臂,紧紧抓住书桌两端。"我想给莱达个措手不及,我想背地里观察她,因为我起了疑心。如果每个月只有两天一夜在一起,那两人的关系就毁了;如果这种状态持续数年,像我们这样,那这段关系就完了。这个过程必然发生,与伴侣的品质没有太大的关系。我几个月前向你暗示过,莱达变了。她开始假模假式,装样子。

火车站里的欢迎、谈话的温柔、床上的激情,一切都只是演戏。"

拉布德把头抬得笔直,说话声音很小:"人当然会彼此疏远。你不再知道对方有哪些烦恼。你不认识她的熟人,看不到她的改变以及她为什么改变。书信没有意义。你跑过去,亲吻,逛戏院,打听打听新鲜事,共度一夜再分开。四周后又是这一套。人各一方,只凭精神上亲近,紧接着按照日历性交,手里掐着表。行不通。她在汉堡,我在柏林,爱情死于距离。"

法比安取出一支烟,小心翼翼地划火柴,仿佛唯恐把火柴盒弄疼。

"过去的几个月里,每次这样见面我都害怕。当莱达闭着双眼,在我身下颤抖,用双臂抱着我时,我真想把她的脸像面具一样扯下来。她在撒谎。但是她想欺骗谁?只想欺骗我,还是也想欺骗她自己?尽管我一次次地写信要求她做出解释,但她置若罔闻,我没办法,只好采取行动。在我们成立倡议小组那天的夜里,我匆匆告别了拉索和其他人,去莱达的住处。窗户很黑,说不定她已经睡了。但我没心情讲逻辑,我等着。"

拉布德的声音在颤抖。他伸手向书桌抓去,拿起几支铅笔,神经质地在两手之间转动。木头的嗒嗒声伴随着他的讲述。"马路很宽,只建了一栋房子。马路的另一侧紧临着花圃、草地、小径和灌木丛,后面是外阿尔斯特湖。房子对面有一张长椅。我坐了过去,不停地抽烟,等待着。一有人沿着马路走来,我就想,那肯定是莱达。就这样,我从半夜12点坐到了凌晨3点,想象着激烈的对话和不愉快的画面。时间在流逝。3点刚过,一辆出租车拐进那条马路,停在了那栋房子前。一个高大瘦削的男人从车上下来,向司机付了车钱。接着一个女人跳下车,跑到门口,开门进屋,扶着门,等到男人跟进去,又从里面把门关上。车驶回了城里。"

拉布德站了起来。他把铅笔扔到书桌上,在房间里大步流星地走来走去,最后走到墙根停了下来。他看向地毯的图案,用手指比画着。"那是莱达。她的窗户亮了。我看见,两个人影在窗帘后边移动。客厅很快又黑了。卧室的灯亮了。阳台的门半敞着,偶尔能听到莱达的笑声。你记得吧,她的笑声出奇地大。有时候,楼上房间里和楼下我所在的马路都很安静,我只能听到自己心脏的跳动声。"

就在这时,门开了。司法顾问拉布德走了进来,没戴帽子,也没穿大衣。"你好,斯特凡!"他说着,走近了些,和儿子握了握手,"很久没见了,对吧?出去了几天。得放松放松。放松一下神经,神经。我刚回来。怎么样？看上去很糟。有烦恼？大学授课资格论文有消息了？没有？那帮人真没劲。母亲写信来了吗？还得待几周。不愧帕拉迪索[*]之名，那个小地方。女人的日子就是好。你好，法比安。严肃的谈话，是吧？死后有永生吗？我们私下里说，没有。一切都得在死前解决。腾不出手来。夜以继日。"

"弗里茨，快来呀！"楼梯间一个女人喊道。

司法顾问耸了耸肩。"你们瞧见了吧。小歌手，很有天赋，没工作。能背下所有的歌剧。老是有点吵。好了，再见。别拯救人类了，找点乐子吧。就像刚才说的，生活必须在死前解决掉。欢迎了解进一步的信息。别这么严肃，我的儿子。"他和两人握了手，用力关上门。

拉布德找补似的捂上耳朵，走到书桌旁，思考了片刻，接着讲起来："大约5点，下起雨来。6点过后，雨停了。天亮了，一天开始了。卧室一直亮着灯，在晨曦中显得很是怪异。7点那人离开，出门的时候吹着口哨，向上望去。莱达穿着她的日式睡袍站在阳台上，向他挥手示意。他也向她示意。她敞开自己的睡袍，向他展露自己的身体。他抛了

---

[*] 位于瑞士卢加诺，意为"天堂"。

个飞吻。让人作呕。那人吹着口哨走到马路上。我低下头。楼上阳台的门关了。"

法比安不知道该作何反应。他坐着没动。拉布德突然抬起一只胳膊,一拳砸向书桌。"这个流氓!"他大喊。法比安从沙发上跳起来,但对方做了个拒绝的手势,非常平静地说:"没事,接着听。中午我打了电话。她说很高兴我来了,问我为什么没写信说一声,让我5点去。我们这些科研打工人这几周停工早了些,于是我就先在码头附近晃悠,到了时间才坐车过去。她摆好了茶和点心,温柔地向我问好。我喝了一杯茶,说了些无关紧要的事情。然后她开始主动脱衣服,披上和服,躺到沙发上。这时我问,结束我们的关系怎么样。她问我怎么了;我们明明说好了,我一取得大学授课资格,我们就结婚;我是不是不爱她了。我解释说,现在不是这个问题;她害得我们彼此日益疏远,分手看起来很明智。

"她伸了个懒腰,借机让睡袍滑到一边,用孩子气的声音说我冷酷;我们的疏远,正如这一明确的场景所明确表明的那样,似乎责任更多在我而不在她。她承认,情感上逾越汉堡和柏林之间的距离很难。性关系上也有矛盾,当她想要我时,我不在;当我在的时候,就必须像解决午餐一样做爱,不管饿不饿。但是等我们结了婚,就不一样了。此外她还让我别生气，说她几周前做了个流产手术。她想成为我的妻子后再把我们的孩子带到世间，而不是提前。她不想让我担惊受怕，所以没有告诉我这件小小的意外。她现在恢复了健康，让我坐到她的身旁。她想要我。

"'这个被打掉的孩子又是谁的呢？'我问。她坐了起来，做出一副受伤的表情。

"'今天凌晨和你睡觉的男人又是谁？'我继续问道。

"'你见鬼了，'她说，'你是在吃醋，简直可笑。'

"我给了她一个耳光，转身就走。她跟在我的身后，追下楼梯，来到门口。她站在那里，光着身子，只披了件摇摆的睡袍，那是下午6点左右，她喊着让我留下来。但是我走了，去了火车站。"

法比安来到朋友身后，把手搭在朋友的肩上。"你昨天为什么没有告诉我？"

"我已经扛过来了。"拉布德说，"竟然这样欺骗我。"

"但是你让她怎么办呢？说实话吗？"

"我没法再思考了。我觉得自己仿佛生了一场大病。"

"你还病着，"法比安说，"你还爱着她。"

"的确如此，"拉布德说，"但是我对付得了和我完全不同的人。"

"如果她给你写信呢？"

"事情已经了结了。我那五年的时光都生活在一个错误的前提下，够了。最坏的一点我还没告诉你：她不爱我，她从来没有爱过我！直到现在，都结束了，我才恍然大悟。当她躺在我的身边，冷血地欺骗我时，我才想明白过去的这几年。我在五分钟内理解了一切。去看裸体人像吧！"拉布德把朋友推到门口，"现在就去，露特·赖特尔邀请了我们。走，我有很多事情要弥补。"

"谁是露特·赖特尔？"

"我今天认识的。她有个工作室，搞雕刻，如果可以相信她的话。"

"我一直都想看模特。"法比安说着穿上了大衣。

第九章

"终于来了几个男人!"赖特尔女士喊,"你们请随便坐。库尔普刚刚还哀叹,说不能再这样下去了。她都两天没男人了,两天前的那个也只是场意外。她是时装设计师,给那个男人一点小小的回报,他才会给她订单。一个近乎阳痿的老色鬼,她说。"

"这些人最糟了,"拉布德说,"他们不断地尝试,来验证自己有没有痊愈。"

他东张西望地寻找那个名叫库尔普的女孩。只见库尔普正蜷在软躺椅上,高抬着两条腿,向他示意。

拉布德坐到库尔普身旁,法比安进退两难地等待着。工作室很大,屋子中间的吊灯下,一排雕塑前,立着一张做工粗糙的桌子,桌子上坐着一个裸体的黑发女人。赖特尔坐在一张矮凳上,拿速写本画着。"晚间裸体人像,"她头也不回地解释道,"名叫塞洛。

换个新姿势,我的宝贝!站起来,张开两条腿,上身扭成直角。就这样,两手在后颈交叉。停!"名叫塞洛的裸体女人站了起来,大张着两条腿站在桌上。她身材很好,忧郁的眼睛漠然注视着前方。"男爵,来点喝的,我冷。"她突然说。

"的确,塞洛小姐浑身鸡皮疙瘩。"法比安附和着。他走近,站到模特前,就像一名艺术鉴赏家面对着一尊女性青铜塑像。

"禁止触碰!"雕塑家的声音听起来格外不友好。

库尔普小姐像置身于温暖的洗澡水中,在拉布德的怀里伸了个懒腰,朝法比安喊道:"手离开黄油。男爵爱吃醋。她和晚间裸体人像关系良好。"

"住嘴!"赖特尔嘀咕着,"拉布德,如果您和库尔普有什么刻不容缓的打算,请不要客气。我只有这一个房间,但它已经习惯了苦恼不快。"

拉布德说,他有道德上的疑虑。

"竟有这种东西。"库尔普悲伤地说。

赖特尔从她的速写本上抬眼望向法比安。

"如果您想分享库尔普,那就赶紧的!您二位只需要一个10芬尼的硬币。拉布德选徽章那面,您选数字那面。库尔普把10芬尼扔到高处,这能振奋她的神经。谁的一面朝上,谁就有优先权。"

"多么深刻的真理!"库尔普喊,"但是10芬尼?

你坏了我的价钱！"

法比安彬彬有礼地说，他不喜欢赌博。

裸体女人跺着脚。"来点喝的！"

"巴腾贝格，你的靠背椅旁有一张小桌子，上面有杜松子酒。拿点过来。"

"乐意效劳。"一个声音答道。雕像后面叮当作响。不久，一个陌生的女孩走进灯光下，递给晚间裸体人像满满一杯酒。

法比安很诧异。"这里究竟有多少女性生物？"他问。

"我是唯一的一个。"巴腾贝格笑着宣布。法比安看着她的脸，觉得她和这里的环境格格不入。她向雕塑后面走去，法比安跟着去了。她坐到靠背椅上，他站到一尊狄安娜石膏像旁，一只胳膊揽着健美的女神的腰部，透过工作室的窗户，看向青年艺术风格的山墙下的拱门和城市风景画。可以听到男爵在发号施令："最后一个姿势，我的宝贝。体前屈。膝盖弯曲，臀部向外，两手放在膝盖上。好，保持！"从工作室的前半部传来细小尖锐的喊声。库尔普小姐差点喘不上气来。

"您究竟为什么要来这个猪圈？"法比安问。

"露特·赖特尔和我是同乡，也是同学。最近我们在街上偶遇。我来柏林的时间还不长，她就邀请我来了解情况。这是我最后一次来这里。了解的信息已经足够了。"

"那就好，"他说，"我算不上真正的卫道士，但是如果让我眼睁睁看着一名女性生活在她的水准之下，我会很难过。"

她严肃地注视着他。"我不是天使，先生。我们的时代和天使有过节。我们该怎么办？如果爱一个男人，我们就把自己交付于他。我们抛下以前所有的一切，走向他。'我来了'，我们亲切地笑着说。'对'，他说，'你来了'，挠挠耳后。万能的主啊，他想，现在我得背负她这个包袱了。我们愉快地对他倾其所有。他却咒骂起来，赠与他的东西让他不胜其烦。他先是轻声咒骂，后来大声咒骂。我们比以前还要孤独。我 25 岁了，已经被两个男人抛弃过，像一把伞一样被故意丢弃在某个地方。我的坦诚打扰到您了吗？"

"很多女人都有过这种遭遇。我们年轻男人烦恼之余，所剩时间只够用来享乐，但不够恋爱。家庭危在旦夕。我们只有两种表现责任感的可能性：要么男人对女人的未来负责，但如果男人下周失业，他就会明白，自己这种行为很不负责；要么男人出于责任感，不敢毁掉另一个人的未来，如果女人因此陷入不幸，那男人就会看到，这个决定也很不负责。这是以前不曾存在的二律背反。"

法比安坐到了窗台上。对面有一扇窗户亮着灯，他看到一个备有平常家具的房间，里面有个女人坐在桌旁，手撑着头。一个男人站在她面前，胳膊挥舞着，嘴巴骂骂咧咧地动着，骂完把帽子从挂钩上扯下来，出门而去。女人把手从脸上拿开，朝门盯了一会儿，非常缓慢、非常平静地把头放到桌子上，好似在等待一把斧头落下。法比安转过身去，注视着坐在身旁靠背椅里的女孩。她也看到了那座房子里的场景，正悲伤地注视着他。

"又一位折翅的天使。"他说。

"我爱的并且因此而心生厌烦的第二个男人，"她轻声地说，"在一个美好的夜晚，出门去往邮筒里投信。他走下楼梯，再也没有回来。"她摇着头，仿佛至今仍不理解，"我等了三个月，等他从邮筒那里返回。可笑，不是吗？后来他从圣地亚哥寄来一张明信片，诚挚地问候我。我的母亲说：'你是个娼妓！'当我请她考虑一下，她18岁就有了第一个男人，19岁就有了第一个孩子时，她愤怒地大喊：'这是两码事！'当然了，这完全是两码事。"

"您为什么来柏林？"

"从前，人们向对方献上自己，会被当成礼物一样珍藏。今天，有人付钱给你，有朝一日你就像花钱买来用过的商品一样被抛弃。现金支付更便宜，男人以为。"

"从前的礼物和商品不太一样。今天的礼物就是一种商品，不花1马克。这种廉价让买家生疑。肯定是桩不可靠的买卖，他想；而且大多数时候他都有道理。因为以后女人就会向他出示账单，突然让他偿还礼物的道德价格，用灵魂货币，以终身年金的形式支付。"

"的确如此，"她说，"男人们正是这种想法。但是您凭什么称这家工作室为猪圈？这里的女人明明和你们想拥有的女人很相像！不是吗？我知道，单凭这一点还不能让你们幸福。在你们看来，虽然我们应该召之即来，挥之即去；但是在挥手赶我们走时，我们得哭泣；在召唤我们来时，我们得备感幸福。你们希望爱情如商品，但这商品要满怀爱意。你们享有一切权利，但不承担任何义务；义务都是我们的，我们没有任何权利，这就是你们的天堂的样子。但是这太过分了。哦，太过分了！"巴腾贝格小姐擦了擦鼻涕，接着说道："如果不能留住你们，那我们也不想爱你们。如果你们想购买我们，那就应该付个高点的价钱。"她沉默了，脸上流过小小的泪珠。

"您因此才来柏林吗？"法比安问。

她无声地哭泣着。

他走到她的身边,抚摸着她的肩膀。"您对买卖也一无所知。"他说着,透过两尊石膏像之间的空隙望向工作室的另外一部分。晚间裸体人像坐在桌子上,喝着杜松子酒。雕塑家俯下身来,吻着她微凸的小腹和胸脯。塞洛喝光酒后,无动于衷地抚摸着女友的背。女友吻着,她喝着,两个人似乎都不清楚对方在做什么。在后面的软躺椅上,躺着库尔普和拉布德,两人蜷成一团耳语着。

这时外面有人按铃。赖特尔站了起来,脚步沉重地向外走去,塞洛穿上长筒袜。一个高大的男人走进来,气喘吁吁,拖着一条木制假腿,挂着一根拐杖。

"库尔普在吗?"他问。赖特尔点点头。他从口袋里抽出几张钞票,递给雕塑家,说道:"你们其他人离开一小时。给我留下塞洛也行。"他坐到一把椅子上,傻乎乎地笑了。"不,不,男爵,只是开个玩笑。"

库尔普从软躺椅上爬起来,把裙子拉平整,与男人握手道:"你好,威廉米,还没死?"

威廉米擦掉额头上的汗水,摇了摇头。

"但也活不了多久了。要不然没等我完蛋,钱先用光了。"说完同样递给了她几张钞票。"塞洛!"

他喊,"别把杜松子酒都喝光!你快点穿。"

"你们去'库西纳'吧。我随后就去。"库尔普说。然后,她欢快地摇晃着拉布德说:"亲爱的,你现在被赶出去了。这个人,医生们都说,活不过这个月。他等待着死亡,就像我们等待着月经。我只陪他等一刻钟。过会儿我就去找你们。"

拉布德站了起来,赖特尔取来自己的大衣,法比安和巴腾贝格小姐从雕像后面走出来,塞洛也穿戴完毕。他们走了。死亡候选人和库尔普留了下来。

"但愿他别上次那样,打她打得那么狠,"雕塑家在楼梯上说,"他气恼别人比他活得长。"

"她没意见,她喜欢挨打,"塞洛说,"再说了,指望服装设计,她活又活不下去,死也死不了。"

"我们的职业真好!"赖特尔狂笑。

"库西纳"是一家俱乐部,光顾者主要是女性。她们一起跳舞,手挽手坐在小小的绿沙发上,深情对望。她们喝烈酒,有些穿着吸烟装和高领衬衣,只为了看上去像个男人。店主和俱乐部同名,抽着黑雪茄,介绍别人认识。她从一桌走到另一桌,欢迎来宾,讲荤段子,像个小酒馆的老板一样畅饮。

拉布德似乎以法比安和自己为耻。他和晚间裸体人像共舞,舞毕与她一起坐到吧台旁边,不搭理自己的朋友。露特·赖特尔吃醋归吃醋，但克制住了自己。她很少看向吧台，白着一张脸，喝起酒来。不久，她坐到另一张桌子旁，和一个浓妆艳抹、年龄较大的女士聊了起来。那女人笑起来咯咯的，让人以为她马上就要下出蛋来。

"我忘不了咱们的谈话，"法比安对巴腾贝格小姐说，"您真的认为，这里的女人都是天生病态的吗？对面的金发女郎曾交往过一名演员，直到多年以后冷不防被他赶走。于是她进了办公室当文员，和代理人睡起了觉。她有了孩子，但打输了官司，代理人不承认自己是孩子的父亲。孩子被送到了乡下。金发女郎找了一个新工作。但是她，说不定永永远远，至少暂时来说，受够了男人。除她之外，坐在这里的很多人都有着类似的遭遇。一个找不到男人，另一个男人太多，第三个害怕后果。在座的很多女人，都不再和男人打交道。和我朋友蜷缩在一起的塞洛，也属于这种。她变成女同性恋，纯粹是因为和男人怄气。"

"您想带我回家吗？"巴腾贝格小姐问。

"您不喜欢这里吗？"

她摇摇头。

这时门开了，库尔普跟跟跄跄地进了俱乐部。她停在雕塑家坐的桌子前，张开了嘴。她既没有叫喊，也没有说话。她昏倒了。女人们好奇地挤在昏倒的姑娘周围。库西纳拿来了威士忌。"威廉米又打她了。"赖特尔说。

"为男人们欢呼！"一个姑娘喊，歇斯底里地大笑着。

"把医生从里屋叫出来！"店主库西纳喊。人们乱成一团。钢琴演奏者借着酒劲，诙谐地弹奏起肖邦的葬礼进行曲。

"这就是医生吗？"巴腾贝格小姐问。从侧门进来一个高大、干瘦、身穿晚礼服的女人，脸像一个擦了白粉的骷髅头。

"对，这是个学过医的男人，"法比安说，"他当年还是学生联谊会的会员。您看到白粉下面的剑疤了吗？现在他吗啡上瘾，警方许可他穿女装。他以开吗啡处方为生。有朝一日被他们当场逮住，他就服毒自杀。"

人们把库尔普抬到里屋，穿晚礼服的医生跟着进去了。钢琴演奏者弹起了探戈，雕塑家拉着晚间裸体人像跳起舞来，她紧紧地搂着女友，起劲地对她说个不停。塞洛酩酊大醉，听而不闻，双眼紧闭。突然她挣脱开，摇摇晃晃地穿过舞池，猛地合上琴盖，钢琴一声哀叹，她大吼一声："不！"

死一般沉寂。雕塑家独自站在舞池上，两手紧握。

"不！"塞洛再次吼道，"我受够了。再见吧。我想要个男人！我想要个男人！别烦我，你这个蠢婆娘！"她把拉布德从凳子上拉起来，给了他一个吻，把帽子扔到头上；拉布德差点来不及拿上大衣，就被她拽到了门口。"小差别万岁！"*她高喊着，然后两人就消失了。

"我们最好还是走吧，真的。"法比安站了起来，把钱放到桌子上，帮巴腾贝格穿好外套。他们走时，露特·赖特尔，又名男爵，仍然站在舞池上。没有人敢靠近她。

---

* 德语习语。"小差别"指的是男女之间的生理、心理等差异。

第十章

"您为什么和那个人交朋友？"她在马路上问。

"您根本不了解他！"他对她的问题感到恼火，也对自己的回答感到恼火。他们默默地并肩走了一会儿。然后他说："拉布德运气不好。他前一阵去了汉堡，亲眼看到未婚妻出轨。他喜欢井井有条的安排。他把自己未来的家庭计算到了小数点后第五位。现在一夜之间却发现，一切都是错的。他想快点忘却，于是首先尝试了买春的方式。"

他们停在一家商店前。虽是半夜，店里却灯火通明，连衣裙、女式衬衣和漆皮腰带被放置在黑漆漆的建筑之间，如同摆放在阳光照耀的小岛上。

"您能告诉我几点了吗？"他们身旁有人问。

巴腾贝格小姐吓了一跳，抓住同行者的胳膊。"12点10分。"法比安说。

"非常感谢。那我得赶紧了。"向他们攀谈的青年人弯下腰，认真地摆弄了下鞋带。然后他又直起身来，尴尬地微笑着问："您碰巧有用不到的50芬尼吗？"

"碰巧有。"法比安回答，给了他一张2马克的纸币。

"哦，太好了。非常感谢您，先生。这样我就不用去救世军*那里过夜了。"陌生人抱歉地耸耸肩，举了举帽子，匆忙走了。

"一个有教养的人。"巴腾贝格小姐说。

"对，他向我们乞讨之前，先问时间。"

他们继续前行。法比安不知道姑娘住在哪里，便让姑娘带路，尽管他对这一带更加熟悉。"整件事最糟的地方在于，"他说，"拉布德注意到，但是晚了五年才注意到，莱达，那个汉堡的女人，从来没有爱过他。她背叛了拉布德，不是因为拉布德很少在她身边，而是因为她不爱拉布德。他们只是个性相近，但拉布德不是她喜欢的类型。也有相反的情况。有的人喜欢某个人，可能因为他代表着对的类型，但不喜欢他的个性。"

---

* 基督教的一个社会活动组织，1865年由英国人布斯所创立，1878年起仿效军队形式进行了编制。

"有人在每种关系中都是对的那个，没有这种情况吗？"

"人不该痴心妄想，"法比安回复，"除了您的抗争计划，还有什么把您引向了所多玛和蛾摩拉？"

"我是候补官员[*]，"她解释道，"我的博士论文涉及国际电影法的一个问题，柏林一家大的电影公司想让我在他们的合同部当实习生，每月150马克。"

"当电影演员吧！"

"如果有必要，也行。"她果断地说。两人都笑了。他们穿过盖斯伯格大街。偶尔才有汽车穿越黑夜的宁静。屋前花园里的花圃散发着芬芳。在一户门前，一对恋人正相拥缱绻。

"在这座城市，连月亮都在发光。"国际电影法的专家说。

法比安轻轻按了一下她的胳膊。"难道不是和家乡差不多吗？"他问，"您上当了，月光、花香、寂静和拱门下的小城之吻都是幻觉。对面广场旁，有一家咖啡馆。外国人和柏林的妓女一起坐在里面，只有外国人。前面是一家俱乐部，喷着香水的男同性恋与优雅的演员、聪明的英国人共舞，并公布自己的技能和价格，最后这一切由一个染了金发

---

[*] 通过了第一次国家考试，准备担任较高级职务的人员。

的银发老妪买单，正是因此她才获准同行。右侧拐角是一家只住日本人的旅馆，旁边是一家餐馆，里面的俄罗斯籍和匈牙利籍犹太人坑蒙拐骗、尔虞我诈。一条支路上有个小旅馆，未成年的女中学生下午去那里卖身赚零花钱。半年前发生过一起勉强遮掩过去的丑闻：一位年长的先生为了找点乐子走进去，虽然如愿以偿地在房间里发现了一个16岁的裸体女孩，遗憾的是，那是他的女儿，这可出乎他的意料……这座巨大的城市铁石心肠，就这点而言，它几乎和从前一模一样。从居民的角度来看，它早就像个疯人院。东边住着犯罪，中间住着招摇撞骗，北边是贫困，西边是奸淫，四面八方都住着毁灭。"

"毁灭之后是什么？"

法比安折下一根垂在栅栏上的细枝，回答说："恐怕是愚蠢。"

"在我的家乡，愚蠢早就出现了，"女孩说，"但是该怎么做呢？"

"乐观主义者一定会绝望。我是个多愁善感的人，我不要紧。我没有自杀的倾向，因为我感受不到一点那种令别人不撞南墙不回头的事业心。我旁观并等待。我等待着正直获胜，然后便供其驱驰。但是我如同一个不信神的人等待神迹一样，等待着正直获胜。亲爱的小姐，我还不了解您。尽管如此，或者恰恰因此，我想向您吐露一条人际交往中的可靠假说。这种理论不一定正确，但是在实践中很有用。"

"您的假说是什么？"

"在没有确凿的反证之前，把这里除小孩和老人之外的每个人，都当作疯子。倘若以此为准则，您很快就会体验到这句话多么实用。"

"我可以从您身上开始吗？"她问。

"求之不得。"他说。

他们默默地穿过纽伦堡广场。一辆汽车到了他们眼前才刹车。女孩瑟瑟发抖。他们走上沙佩尔大街。在一座荒废的花园里，野猫叫唤着。人行道两边绿树如盖，浓荫蔽天。

"我到了。"她说着，在 17 号前停住脚步。正是法比安住的那栋房子！他极力掩饰自己的惊讶，询问是否可以再见到她。

"您真的愿意吗？"

"在您也愿意的前提下。"

她点点头，把头靠到了他的肩膀上。"我也愿意。"他紧握着她的手。"这座城市太大了，"她低语着，犹豫不决地沉默了，"如果我请您上楼到我房间坐半个小时，您会误会我吗？那个房间对我来说还那么陌生。没有话语，没有回忆在耳边回响，因为我还没有和里面的人说过话，里面没有任何我能记起的东西；而且夜晚窗户前晃动着黑黢黢的树。"

法比安不由自主地抬高嗓门说："我愿意上去。您开门吧。"她把钥匙插进锁里，转了一圈。但是没等把门打开，她又转向他说："我很担心您误会我。"他推开门，打开楼梯间的电灯，继而有点懊恼，担心自己露馅。好在她没察觉出异样，在他身后锁了门，便走到了前边。他跟在后面，并为自己今天潜入这栋房子而窃喜。她会住几楼呢？她居然在他的房东太太、寡妇霍尔菲尔德的门前停了下来，开了门。

走廊的灯开着，两个身穿粉色连裤内衣的女孩在把一个绿色气球当足球踢。她们吓了一跳，继而咯咯地笑起来。巴腾贝格小姐愣住了。这时厕所的门开了，好色的城市代理人特罗格尔先生穿着睡衣走了出来。

"关好您的后宫。"法比安咕哝着。

特罗格尔先生咧嘴笑了，把女孩们赶进自己的寝宫，并把门闩上。法比安无意中把手搭在了自己房间的门把手上。

"看在上帝的分儿上，"巴腾贝格小姐低语道，"那是别人的房间。"

"对不起。"法比安说着，跟随她穿过走廊来到最后一间屋子。他把帽子和大衣放在沙发上，她则把自己的大衣挂在衣柜里。"一间可怕的小破屋，"她微笑着说，"每月80马克。"

"我也付这么多。"他安慰道。

隔壁响起一阵噪声，弹簧不满地嘎吱嘎吱响。"邻居免费。"她说。

"您往墙上钻个洞，收门票。"

"哎呀，我很高兴，"她搓着手，好似在壁炉前那样，"我一个人的时候，这房间显得还要丑陋得多。非常感谢您。您想看看那些恐怖的树吗？"

他们来到窗前。"今天连树都亲切多了。"她得出结论。然后她注视着他，喃喃自语道："这很重要，因为我平时都是一个人。"他轻轻地把她拉到自己身边，给了她一个吻。她回了一个吻。"现在你会想，这就是我请你上楼的原因。"

"我当然这么想，"他回答，"但是刚才连你自己都没意识到。"

她用脸颊摩擦着对方的脸颊，并看向窗外。

"你究竟叫什么名字？"他问。

"科尔内利娅。"

当他们并排躺在床上时，他一边闭着双眼用手抚过她的脸庞，想要感受她脸部的特征，一边十分忧虑地说："你还记得，我们今晚曾经坐在一个工作室里，在女神雕像后面，你说，想要因为男人们的自私自利而惩罚他们吗？"

她把细密的吻印到他的两只手上，然后深吸一口气，回答道："这个计划没有任何改变，真的没有。但是我对你破例。我觉得自己好像爱上了你。"

他坐了起来。但是她又把他拉了下去。"先前，当我们拥抱的时候，我哭了。"她耳语道。现在当她回想起来，眼泪又一次夺眶而出，但泪中带笑；而他几乎也终于感受到了久违的幸福。"我哭了，因为我爱你。但是我爱你，这是我的事，你听到了吗？与你无关。你想来就来，想走就走。你来，我会很高兴；你走，我也不会悲伤。我向你保证。"她挤到他的身上，紧贴着他，两个人都喘不上气来。"好了，"她喊，"现在我饿了！"

他一副吃惊的表情，惹得她大笑起来。

她向他解释道："是这样的。如果我爱一个人，我的意思是，如果某个人爱过我，但是你明白我说的，对吧？我事后总是很饿。饥饿只有一个麻烦，那就是我没什么可吃的。我哪儿知道，自己在这座可怕的城市这么快就获得了这种饥饿。"她仰面躺着，朝着天花板和天使脑袋上的石膏花饰微笑。

法比安站起来说道："那我们只能入室盗窃了。"

他把她从床上抱了起来，穿过房间，放下她，打开房门，拉着不情愿的科尔内利娅进了走廊。她反抗，但法比安用胳膊挽着她。他们沿走廊前行，和亚当、夏娃一样一丝不挂，来到法比安房间的门口。

"太可怕了。"她哀求着，想逃。但是他压下门把手，把女孩抱到了他的房间。她的牙齿可怜地格格打战。他开了灯，鞠了一躬，郑重其事地说："法比安博士冒昧地欢迎巴腾贝格博士光临寒室。"然后他跳到自己的床上，高兴地咬着枕头。

"不！"她在他身后说，"这不可能。"但是接着她就相信了，还跳起了击鞋舞*。

他站起来看着她。"你不可以拍得这么大声。"他庄严地宣布。

"击鞋舞就是这样。"她一边说一边继续跳，拍得尽可能地道、尽可能响亮。然后她从容地踱到桌旁，坐到一把椅子上，并做出抚平衣裙的动作，尽管她显然什么也没穿，接着说道："请拿菜单来。"

他把盘子、刀、叉、面包、香肠和饼干抱过来。她吃了起来，法比安假装自己是名服务员。过后，她在他的书架上翻寻一番，往右胳膊下夹了本读物，向他伸出左臂，威严地下令："请即刻把我送回我的

---

* 德国巴伐利亚州的一种民族舞蹈，以拍打腿部和脚为主。

住处。"

他们关灯之前,约定由科尔内利娅明早把他叫醒。他们决定,让她扯他的耳朵,直到他清醒为止。他们打算晚上再在公寓里相会。谁先回来,就在自己的门把手上用铅笔画个十字。他们计划,尽量不让寡妇霍尔菲尔德有丝毫察觉。

科尔内利娅关了灯。她躺在他的身旁,说:"来吧!"他抚摸她的身体。她抱着他的头,把嘴贴在他的耳朵上,低语道:"来吧!塞洛喊什么来着?小差别万岁!"

第十一章

第二天一早,法比安提前一刻钟就来到办公室,开始工作。他自顾自地吹着口哨,浏览着领导让他设计的有奖竞猜的笔记。

他的设想是:工厂给零售商提供 10 万盒特殊包装的廉价香烟,烟盒编号,盒内装有该公司的 6 种名牌香烟,上无任何字样,让购买者竞猜每盒里各种牌子香烟的数量。如果想猜中并获奖,只买一盒廉价香烟还不够,必须把市面上早就流通的 6 种香烟都买全,即在廉价的特殊包装之外再买 6 盒。如果有 10 万人感兴趣,那就自动有 60 万盒老包装的香烟一并售出,也就是总计 70 万盒。更何况,灵活宣传肯定会招徕更多的顾客,总的销售额一定会更高。法比安开始列算式。

这时菲舍尔来了,喊着:"啊呀,这么早?"同时好奇地越过同事的肩膀望去。

"有奖竞猜的草案。"法比安说。

菲舍尔穿上他在办公室里穿的灰色呢子西装上衣，问："过会儿能请您看看我的双行诗吗？"

"乐意之至，今天我颇有诗兴。"这时有人敲门。是公司的跑腿工施奈德赖特，他负责打杂，年纪大了，走起路来跟跟跄跄，也被称作扁平足的发明人。施奈德赖特拖着腿慢吞吞地进了房间，闷闷不乐地把一个黄色的大信封放到法比安的书桌上，便离开了。

信封里装着法比安的证件、一张财务处的付款通知单和一封短信，短信内容如下：

"尊敬的先生，公司被迫于今日宣布您被辞退。本应于月底支付的工资今日已送交财务。我们冒昧地主动随信附上一份证明，并且愿意在此声明，您在宣传工作上显示出了非凡的才能。此次辞退是监委会决定削减广告预算的结果，令人惋惜。我们感谢您为公司所做的工作，祝您在未来发展顺利。"落款。结束。

法比安一动不动地坐了几分钟，然后站了起来，穿好衣服，把信塞到大衣里，对菲舍尔说："再见，保重。"

"您要去哪儿？"

"我刚刚被解雇了。"

菲舍尔跳了起来。他的脸都绿了。"真想不到!哎呀,这次我又走运了!"

"您的工资少一些,"法比安说,"您可以留下来。"

菲舍尔走到被解雇的同事面前,用汗津津的手握住他的手,向他表达惋惜。"咳,幸好您对这事看得开。您是个干练的人,再说您也没有家室拖累。"

主任布赖特科普夫冷不丁走进房间,看到菲舍尔不是一个人,他犹豫起来,最后说了句早上好。

"早上好,主任先生。"菲舍尔一边问好一边连鞠两躬。法比安对布赖特科普夫视而不见,转身对同事说:"书桌上放着我的有奖竞猜项目,我把它留给您了。"说完法比安走出办公室,去财务处领了270马克。踏上马路之前,他在公司门口站了好几分钟。卡车咔嗒咔嗒地驶过。一名送电报的邮差从自行车上跳下来,匆忙跑进对面的建筑。毗邻的楼房装上了脚手架,泥瓦工站在架子上,涂抹着灰色散碎的泥浆。一队彩色的家具搬运车迟缓地拐进支路。送电报的邮差出来了,匆忙跳上自行车骑走了。法比安站在拱门下,摸摸口袋,看钱是不是还在,一面想着:我该怎么办?随后他散起步来,因为他不用工作了。

他在城里漫无目的地闲逛。中午时分，他没什么食欲，在阿申格*喝了杯咖啡后又出发了，尽管他更愿意悲伤地蜷缩在深山老林里。但是这里哪有深山老林呢？他走啊走，把烦恼走掉。在贝勒联盟大街，他认出了自己上大学时住过两学期的那栋房子。它像一个阔别已久的老熟人一样站在那里，怯生生地等待着，看他是不是会和自己打招呼。法比安拾级而上，查看枢密顾问的遗孀是否仍然住在这里。但门上挂着一块陌生的牌子，他便转身离去。想当年，那位老太太满头银发，非常美丽。他脑海里浮现出那位平庸的老太太的脸庞。在通货膨胀那年的冬天，他没钱取暖，就把自己裹在大衣里，蜷缩在楼上，写一篇有关席勒道德审美体系的报告。到了周日，老太太有时会邀他共进午餐，向他讲述她广泛的熟人圈子中的家庭事件。在那之前、当年，还有现在，他一直是个穷鬼，而且大有可能继续贫穷下去。他的贫穷已经变成了一项恶习，就像别人习惯坐不直或者啃指甲。

昨天夜里，他入睡之前还想：或许应该在这座城市播种一小袋野心，毕竟野心在这里很快就能结

---

* 1892 年在柏林成立的一家餐饮公司。

出累累硕果；或许应该好好为自己打算打算，在摇摇晃晃的世界建筑中置办一套宁静的三居室，假装一切正常；或许热爱生活却不严肃地对待生活是种罪孽。候补官员科尔内利娅躺在他的身边，睡觉时仍抓着他的手。早晨起来时她告诉他，半夜她被吓醒了，因为他从床上坐了起来，果断地宣称："我要让广告亮起来！"说完又倒头睡下。

他缓步登上克罗伊茨贝格的高地，坐到一张建议公众爱护的长椅上。一块牌子上写着："市民们，请爱护你们的设施！"市政府写下的这个句子特别模棱两可，他们肯定知道。法比安观察着一棵树，它有着巨大的树干，树皮斑驳，上面有上千条垂直的褶皱。连大树都有烦恼。两名小学生从长椅旁经过，其中一名双手交叉放在背后，气愤地问道："应该忍着吗？"另一名没有着急作答，最后才说："对那伙人你根本什么都做不了。"他们接下来说的话就听不到了。

从广场的另一侧过来一个奇怪的人：一位长着白色翘胡子的老先生，手拿一把没有折平整的伞。他没穿大衣，而是披了一件褪色的淡绿披肩，头戴一顶灰色的硬礼帽，说不定帽子多年前是黑色的。披披肩的先生朝着长椅走过来，一边嘟哝着问候的客套话，一边坐到法比安的身旁。他拖泥带水地咳嗽着，同时拿伞在沙地上画着圆。他把其中一个圆画成了齿轮，把它的中点用一条直线和另一个圆的中心连了起来，加上曲线和线段，越画越复杂，在旁边和上方写上公式，计算，擦掉，再计算，在一个数字下画了两道线，然后问："您懂机械吗？"

"抱歉，"法比安说，"谁要是让我给他的留声机上发条，可以肯定，留声机就再也没法用了。机械打火机让我一碰就打不着火。直到今天我都觉得，电流，顾名思义嘛，是种液体。我永远也理解不了，把牛宰了放在电动金属盒的一边，另一边怎么就能提取出腌牛肉来。——另外，您的披肩让我想起了我上寄宿学校的时候。每周日我们都披着这种披肩、戴着绿色帽子，去马丁-路德教堂做礼拜。牧师布道时，我们所有人都睡大觉，除了一个人，他负责望风，在管风琴师奏响赞美诗或者寄宿学校的老师走上廊台时叫醒我们。"法比安看向邻座的披肩，感觉这件衣服唤醒了往事。他看到白胖的校长就在自己眼前，就像每个早晨那样，坐下打开赞美诗集、开始祷告之前，都会弯曲膝盖，用手抓一下裤子，确认罪孽的地球残骸仍在。法比安还看到自己晚上悄悄溜出学校大门，穿过昏暗的街道，经过营房，跑过操练场，快步走进一间出租房，上楼按下门铃。

他听到门后传来母亲颤抖的声音:"外面是谁啊?"他听到自己气喘吁吁地喊:"是我。妈妈!我只想看看,你今天有没有好一点。"

老先生用他没有折平整的雨伞的尖扫过沙地,把算式全都擦掉。"或许您能理解我,因为您对机械一窍不通,"他说,"我是一名所谓的发明家,五所科学院的荣誉会员。技术的巨大进步归功于我。在我的帮助下,纺织业每天生产的布匹数量提高到了从前的五倍。很多人靠我发明的机器赚了钱,甚至包括我自己。"老先生咳嗽起来,神经质地拉拉自己的山羊胡,"我发明了和平的机器,却没有注意到那是大炮。固定资本不断增长,企业的生产力提高,但是,先生,雇用工人的数量下降了。我的机器是大炮,摧毁了整个工人大军,毁掉了几十万人的生计。我在曼彻斯特的时候,看到警察冲向被解雇的人,用军刀打他们的脑袋;一个小姑娘被一匹马踩踏。都怪我。"老先生把硬礼帽往头顶推了推,咳嗽着,"我回国后,家里人就把我监护起来。我开始把钱送人,宣称不愿意再与机械打交道,惹得他们不高兴。于是我就走了。他们得生活下去,他们住在我施塔恩贝格*湖边的房子里。我失踪半年了。几周

---

* 位于德国巴伐利亚州。

前我从报纸上读到，我的女儿生了个孩子，如今我成了外祖父，但仍像个流浪汉一样在柏林晃悠。"

"老年人难免有聪明之举*，"法比安说，"遗憾的是，并非所有发明家都这么有情义。"

"我原本打算去俄罗斯，到那里派派用场，可是没有护照去不了。要是知晓了我的名字，他们更得拦着我。我上衣胸前的里袋中装着一台织布机的草图和算式，它会让迄今为止所有的织布机都相形见绌。几百万塞在我打了补丁的口袋里，但我情愿饿死。"老先生骄傲地拍拍胸脯，又咳嗽起来，"今晚我到约克大街93号过夜。大门要关的时候，我就进去。门房要是问我去哪儿，我就说我来拜访格林贝格夫妇。他们住四楼，丈夫是邮局管理员。然后我就上楼，从格林贝格家经过，并向阁楼爬去，坐在那里的楼梯上。说不定阁楼的门开着，有时候某个角落里甚至还放着个旧床垫。第二天一大早我再溜出来。"

"您是怎么认识格林贝格夫妇的？"

"从地址簿上看到的，"发明家说，"我必须得知道一家住户，万一门房问起我的来意呢。第二天

---

* 该句化用了德国谚语"Alter schützt vor Torheit nicht"（老年人难免干蠢事）。

一早，骗局往往会败露。但是千百年来敬老尊老的训导结出了硕果，连门房也遵守。另外，我每天会换个地方。冬天我在一家私立学校教过物理，可惜，教着教着变成了反对科技奇迹的启蒙课程，学生们和校长都不喜欢。我宁可冬天到邮局取暖。现在不用去邮局了，天暖和了。如今我在火车站一坐就是几小时，看着来来往往的旅客，有趣极了。我坐在那里，庆幸自己活着。"

法比安写下自己的地址，递给老人。"您把这张纸条保存好。要是哪天门房提前把您赶下楼梯，您就来我这儿，睡在我的沙发上。"

老先生看了看纸条问："您的房东太太会怎么说？"

法比安耸耸肩。

"您不用担心我咳嗽，"老人说，"夜里坐在漆黑的楼梯间时，我一声都不咳，我使劲管住自己，别惊动住户。一种奇怪的生活方式，对吧？我白手起家，后来成了富翁，现在又成了穷光蛋，没关系。来什么，就吃什么。不管在莱奥尼*的露台上还是在克罗伊茨贝格这里晒太阳，对我来说都是一回事，对太阳来说也是。"老先生咳嗽起来，两条腿往前伸

---

* 位于上文老人提到的施塔恩贝格。

去。法比安站了起来，说他得走了。

"您究竟是做什么工作的？"发明家问。

"失业了。"法比安答完，向着一条通往柏林城区的林荫大道走去。

步行了几个小时，晚上回到公寓，他腿都软了。他打算立即去找科尔内利娅，把自己的倒霉事说给她听。光是想象一下即将发生的场景，他就十分激动。也说不定他只是饿了。

房东太太霍尔菲尔德挫败了他的计划。她站在走廊里，神秘兮兮地说，拉布德来了；纯属多余，但这是她的风格。拉布德坐在法比安的房间里，显然正犯头痛。他说自己因为昨天夜里的不告而别而来道歉。其实醉翁之意不在酒，他来是想知道，法比安对他和塞洛的事怎么看。

拉布德是个有道德的人，不打草稿、毫无错误地誊写自己的人生履历一直都是他的雄心壮志。他小时候从来没有在吸墨纸上涂写过，他的道德感源于他对秩序的热爱。在汉堡的失望经历损害了他个人的秩序体系和道德，精神上的时间表濒临崩溃，性格没了依托。热爱目标、需要目标的他现在来求助于法比安，这位无计划性的专家。他希望向法比安学习，如何体验骚动，与此同时又保持冷静。

"你气色很差。"法比安说。

"我一夜没合眼,"朋友坦承,"这个塞洛既忧郁又粗俗,二者合一。她能坐在长沙发上嘟哝几个小时的污言秽语,跟念经一样没完没了。让人没法听。她喝起酒来,旁人光看着就醉了。她又会冷不防想起来,自己正和一个男人单独共处一室,得保护自己不挨打。她的感受肯定不同于正常的女人。但我觉得她不是女同。我认为,虽然听起来很怪,她是同性恋。"

法比安听朋友讲下去。他见怪不怪,对方也就平静了下来。"明天我要去法兰克福两天,"拉布德告辞前还说,"拉索也去,我们想在那里设立一个倡议小组。这几天,塞洛可以留在2号公寓。她前几个月受了不少罪,得睡个够。再见,雅各布。"说完他就走了。

法比安走进科尔内利娅的房间。对于他被解雇一事,她会说些什么呢?可没想到,雕塑家露特·赖特尔坐在那里,看起来很痛苦,而且一点都不惊讶在这里遇到他。她长话短说,概述了一遍已经向巴腾贝格详细讲述过的事情:小库尔普被送到了夏里特医院,她受了内伤;装了一条木制假腿的濒死之人威廉米,从昨夜起就躺在工作室里,呼吸困难,苟延残喘。

科尔内利娅从她的手提箱里取出几只杯子、碟子和刀叉，弄了点吃的，把桌子装饰得漂漂亮亮，甚至还铺了块白桌布，摆了一束花。赖特尔说她要走了，但是趁她还没忘，她想问一下，是否有人知道年轻的拉布德住在哪里。显然这是她此行的唯一目的。她原本希望从自己的同学科尔内利娅那里问到法比安的地址，再通过法比安打听到拉布德的住处，因为她去过格吕内瓦尔德别墅，那里的仆人没有向她提供任何信息。

"我知道他住在哪里，"法比安说，"他几分钟前还坐在隔壁我的房间里。地址我不便相告。"

"他刚才在这儿？"雕塑家喊，"再见！"她跑了出去。

"她想念塞洛。"科尔内利娅说。

"她想念的是为所欲为。"法比安说。

"我可不。"她吻了他，把他拉到桌旁，让他欣赏自己准备的晚餐。"你喜欢吗？"她问。

"太棒了，非常好。另外，每当有值得称赞的东西，请劳驾告诉我。你是不是穿了条新裙子？我见过这对耳环吗？昨天你的头发也是中分吗？我喜欢的，就注意不到。你必须向我指出来。"

"你除了缺点一无所有，"她喊道，"你每个缺点我恐怕都会憎恨，但所有的加在一起我却喜欢。"

吃饭的时候,她说自己明天就该入职了。她今天被介绍给一堆同事、戏剧顾问、制片人和经理。她描述了那栋奇怪、宽敞的房子,里面坐满了重要人物,他们从一个会议赶到另一个,阻碍着有声电影的发展。法比安决定,以后再告诉她自己被解雇的事。

用餐完毕,她给两块面包抹上奶酪,放到盘子的一边,微笑着说:"备用干粮。"

"你的脸红了。"他喊道。

她点点头。"这么说,有时候你能注意到值得称赞的东西。"

他提议去散散步。趁她穿衣服的工夫,他考虑着该怎么委婉地把自己被解雇的事告诉她。但是步没散成。他们来到大门口时,听到有人在他们身后咳嗽,一个陌生的男人说了声晚上好。是那位披披肩的发明家。"您对您的沙发所做的描述,败坏了我今天住楼梯和阁楼的兴致,"他说,"我没去约克大街,来了这里。实际上我不该来打扰您,毕竟您自己都失业了。"

"你失业了?"科尔内利娅问,"是真的吗?"

老先生一个劲地道歉,他说原以为年轻的小姐已经知道了。

"今早他们把我开了,"法比安松开挽着科尔内利娅的胳膊,"作为临别礼物,我领到了270马克。

预付了我的房租后,我们还剩190马克。要是在昨天,我肯定报之一笑。"

他们把老先生安顿到沙发上,把落地灯放到一旁,因为老先生想计算自己的秘密机器;向他道过晚安之后,他们来到了科尔内利娅的房间。法比安又回了自己的房间一次,给客人拿来几片涂了奶酪的面包。

"我保证不咳嗽。"老人小声说。

"可以咳嗽。您的邻屋有着完全不同的乐子,但霍尔菲尔德房东太太并没有因此就从床上爬起来。只不过我还没想好我们明天一早该怎么做。房东太太很看重自己的家具,一个陌生人整夜都在她的沙发上露营,会把她气坏的。您好好睡吧,我明早叫醒您。在此之前我会想到对策的。"

"晚安,年轻的朋友,"老人说着,从口袋里掏出自己珍贵的资料来,"请代我问候您的未婚妻。"

科尔内利娅看上去非常高兴,令法比安有点摸不着头脑。一个小时后她已经吃光了备用干粮。"啊,生活多美好!"她说,"你怎么看待忠诚?"

"咽下去再说这种大词!"他坐在她的身旁,抱着自己的膝盖,俯视着躺在床上的姑娘,"我想我只是在等待忠诚的机会,尽管直到昨天,我还以为自己已经堕落。"

"这是爱的宣言。"她轻声说。

"要是你现在号啕大哭,我就打你的屁股!"他威胁道。

她从床上滚了下来,穿上粉色的迷你衬裤,站到法比安的面前,含泪微笑着。"我就要号啕大哭,"她喃喃自语,"你来打我吧。"然后她弯下身。他把她拉到床上。她说:"我的爱人,我的爱人!不要担心。"

第十二章

次日早晨,他想唤醒发明家时,发现发明家已经起床洗漱完毕,穿戴整齐,坐在桌旁计算着。

"您睡得好吗?"

老人心情很好,和他握了握手。"天生的沙发床,"他说着,像抚摸马背一样抚摸着棕色的沙发靠背,"我现在就得离开了吗?"

"我想向您提个建议,"法比安说,"我洗澡的时候,房东太太会把早饭送进房间;但不能让她看到您,否则便要起争执。等她走了,我再招待您。到时候您就能在这里清净地待上几个小时。不过我没法陪您,因为我得找工作。"

"没关系,"老人声明,"如果您允许,我可以翻翻这里的书。但是您洗澡的时候我去哪儿呢?"

"我考虑着,去衣柜,"法比安说,"把衣柜当藏身之所，直到今天仍是通奸喜剧的特权。我们来打破这个传统，尊敬的客人！您接受我的提议吗？"

发明家打开衣柜，怀疑地往里头张望，问道："您通常要洗很久吗？"

法比安让他放心，并把冬大衣和另一套西装推到一边，让客人进去。老先生披上披肩，戴上帽子，把伞夹到腋下，钻进摇摇欲坠的衣柜。"她要是发现我在这里呢？"

"那我下个月1号就要搬出去。"

发明家拄着伞，点点头说："现在去您的浴缸里吧！"

法比安锁上衣柜，为保险起见，拿走了钥匙，在走廊里喊："霍尔菲尔德太太，早饭！"他走进浴室时，科尔内利娅已经坐在了浴缸里，身上涂满了肥皂，笑逐颜开。"你得给我搓背，"她轻声说，"我的小胳膊太短了。"

"清洁变成了乐趣。"法比安说着给她的后背打上了肥皂，她如法炮制作为回报。最后两人在水里相对而坐，扑腾着水玩。"糟糕，"他说，"我的衣柜里还站着那位发明家之王，等着我去解救，我得快点。"他们从浴缸里爬出来，用毛巾给对方擦起身体来，直到皮肤发烫才罢手。"晚上见。"她轻声说。

他吻她，向她的眼睛、她的嘴巴跟脖子，向她身体的每一个部位告别。然后他跑进了自己的房间，早饭已经送来了。他打开衣柜，老先生两腿僵硬地走出来，咳个不停，想把错过的补上。

"现在是喜剧的第二幕，"法比安说着，走到走廊里，开了门又关上，大喊着，"太棒了，伯父，你来看我了。进来吧！"他恭恭敬敬地把莫须有的人物请进屋，朝大惑不解的发明家点点头。"好了，现在您光明正大地进来了。您请坐，这里还有个杯子。"

"我还是您的伯父？"

"亲戚关系总是能抚平房东太太的伤痛。"法比安解释道。

"咖啡很香。我可以再来片面包吗？"老先生把衣柜抛到了脑后，"如果不是受到监护，我一定让您做我的单独继承人，尊敬的侄子。"他一边说一边专心吃着。

"您假想的提议让我感到很荣幸。"法比安回答。应新伯父的要求，他们碰了碰咖啡杯，高喊："干杯！"

"我热爱生活，"老人几乎有点尴尬地承认，"自从变得潦倒以来，我尤其热爱生活。有时兴致来了，我简直可以靠着阳光或者公园里吹拂的风过日子。您知道为什么吗？我经常想到死亡。谁今天还想这个啊。没人想到死亡，每个人遭逢死亡都惊慌失措，仿佛那是火车相撞或者别的无法预测的灾难。人已经变得如此愚蠢。我天天想着死亡,因为它每天都可能向我招手。我想到了死亡,所以我热爱生活。这是一项美好的发明,在发明方面我是专家。"

"那人类呢?"

"地球的疥癣。"老人嘟哝着。

"热爱生活同时蔑视人类,结局一般好不了。"法比安说着站了起来,告别了仍在喝着咖啡的客人,拜托霍尔菲尔德太太不要打扰自己的伯父,然后去了他所在区域的劳动局。

问过了三名官员,也就是说,在历经两个小时之后,他得知自己来错了地方,得去西区专门负责办公室职员的劳动分局。他乘公交车到了维滕贝格广场,去了人家告诉他的那个地方。但信息有误。混在一群失业的护士、女保育员和女速记打字员中,作为唯一的男性,他引发了莫大的关注。

他退了出去,来到马路上,走过几栋房子后,发现了一家很像消费合作社的店面,那正是他要前往报到的劳动分局。曾经的柜台后面坐着一名官员,柜台前站着一长列失业职员,依次出示自己加盖了印章的失业救济金卡,交给官员填写审查意见。

法比安很诧异,这些失业者个个衣着讲究,有些甚至堪称优雅。谁要是在选帝侯大街遇到他们，无疑会把他们当作逍遥自在的闲人。说不定这些人趁着早晨来盖章，也会顺便去逛逛气派的商业街。在橱窗前驻足又不用花钱，谁管他们是什么都买不起，还是不想买呢？他们穿上了自己的节日盛装，这是对的，因为有谁像他们那样，有那么多的节假日呢？

他们神态肃穆，列队等候。办理完毕，他们便把自己的失业救济金卡收起来，像离开牙医诊所一样走出去。有时，官员会咒骂着把一张卡片放到一边，于是助手把卡片拿到隔壁的房间。那里端坐着一位监察员，询问来访者为何没有定期来此。有个门房模样的人不时走出来喊名字。

法比安读着张贴在墙上的印刷品。禁止佩戴臂章，禁止转让并二次使用有轨电车的换乘票，禁止挑起并参与政治辩论。告知人们30芬尼在哪里可以吃到一顿营养丰富的午餐，告知姓名首字母为哪些的人已推迟审查日期，告知哪些职业的人办理证明的地址和咨询时间已调整。告知。禁止。禁止。告知。

人逐渐走光了。法比安向官员出示了自己的证件，那人说，广告员在这里不常见，他建议法比安去找负责自由职业者、科学家和艺术家的机构，并告诉了他地址。

法比安坐公交车去了亚历山大广场,这时已近中午。在新的分支机构里,他发现排队的人形形色色。他从布告上推测,他们可能是医生、法学家、工程师、农学硕士和音乐教师。

"我现在领危机救济金,"一位矮个子的先生说,"能拿2450马克。每周家庭人均272马克,每天人均38芬尼。这是我在充裕的空闲时间里精确计算出来的。再这样下去,用不了多久我就要入室盗窃了。"

"要是这么简单就好了,"他旁边的人叹息着,是个近视的小伙子,"连盗窃也得学习啊。我坐了一年牢。那里的环境倒是比外面好。"

"我自己倒无所谓,至少以前无所谓,"矮个子的先生激动地宣称,"我的妻子连让孩子捎块面包到学校都做不到。我再也看不下去了。"

"就好像盗窃有意义一样,"一个又高又大、倚窗而立的人说,"小市民没了吃的,立马就想要过渡到流氓无产阶级。您这个又矮又丑的家伙,为什么您的思想不能有点阶级觉悟?您一直都没注意到自己的归属吗?您得协助筹备政治革命。"

"没等革命,我的孩子都饿死了。"

"如果因为偷盗被关押,那阁下的孩子饿死得更快。"窗户旁的男人说。近视的小伙子忍俊不禁,抱歉地耸了耸肩。

"我的鞋底全都磨破了，"矮个子的先生说，"我每次得走到这里来，鞋子不出一个星期就完蛋，我又没钱坐车。"

"您从福利机构领不到靴子吗？"近视眼问。

"我的脚一穿靴子就痛。"矮个子的先生解释说。

"您上吊吧！"窗户旁的男人说。

"他的脖子一碰就痛。"法比安说。

小伙子把几枚硬币放到桌上，清点自己的财产。"一半家当经常消耗在求职信上，不光得买邮票，还得附上回信邮票。所有证书每周都得复印二十份，还要出钱公证。谁也不会把你的资料寄回来，连封回信都没有。办公室的那些家伙恐怕拿我的回信邮票搞邮票收藏了。"

"但是当局也使出浑身解数了，"窗户旁的男人说，"包括给失业者开设免费的绘画课程。这是件真正的善举，先生们。首先人们学会了画苹果和牛排，其次画饼可以充饥。艺术教育可以作为食粮。"

矮个子的先生似乎失去了所有的幽默感，他沮丧地说："对我来说一点用都没有。我就是个绘图员。"

这时，一名官员穿过等候室，为慎重起见，法比安向他询问自己是否有望在这里办理。官员问他有没有地方劳动局的证明。"您还没登记？您必须先解决这个问题。"

"现在我要再回到五个小时前自己开始巡游的地方。"法比安说。但是官员已经走开了。

"服务虽然礼貌，"小伙子发表意见，"但没人保证提供的信息都对。"

法比安坐公交车返回他居住区域的劳动局。他已经花了1马克的车票钱，气得不愿往窗外望。

当他到达时，劳动局已经关门了。"让我看看您的证件，"门房说，"说不定我可以帮您。"

法比安把一包纸递给那个老实人。"啊哈，"门房仔细看过后宣布，"您根本没失业。"

法比安坐到入口处的一块青铜里程碑上。

"一定程度上讲，您月底前是带薪休假。您从公司领到钱了吧？"

法比安点点头。

"那您两星期后再来吧，"对方建议，"这段时间您可以投投求职信，看看报纸上的招聘启事。意义不大，但也不好说。"

"幸运之旅。"法比安说着，接过证件，向动物园走去。他打算吃几个小面包，最后却把面包喂给了一群带着宝宝在新湖散步的天鹅。

傍晚时分回到房间，他看到母亲来了。母亲坐在沙发上,把手里的书放到一旁,说道:"没想到吧,我的孩子。"

他们相拥。她接着说:"我得看一下你在做什么。你父亲这段时间发现,店里门可罗雀。我放心不下你。你不回我的信,你都十天没写信了。我很不安,雅各布。"

他坐到母亲身边,摸摸她的手,说自己过得很好。

她审视般地观察着他。"我来得不是时候?"他摇摇头。她站了起来。"衣服我放到衣柜里了。你的房东太太也该打扫打扫。她还是那么高贵,不肯做这种事?你猜我带了什么来?"她打开编织篮,把一包包东西摆到桌上。"血肠,"她说,"一磅,从布雷特大街买的,你知道的。冻肉排,可惜这里的厨房不让用,要不然我给你煎一下。熏火腿,半根色拉米香肠。玛尔塔阿姨向你问好,我昨天去她家的花园了。从店里带了几块肥皂。生意不这么糟就好了,我觉得人都不洗澡了。还有一条领带,喜欢吗?"

"你真好,"法比安说,"但你不该给我花这么多钱。"

"简直是胡说八道,"母亲说着把食品放到一个盘子上,"我拜托了你的房东太太,让她给我们煮点茶。我明晚回去。我坐慢车来的,时间过得很快,车厢里有个小孩,我们聊得很开心。你的心脏怎么样?你抽烟抽得太多了!到处都是空烟盒。"

法比安看着母亲。纯粹由于激动,她才像宪兵一样问个不停。

"我昨天还不由自主地想起,"他说,"我在寄宿学校时的事情,当时你病了,我晚上跑回家,穿过操练场,就为了看看你怎么样。有一次,我还记得,你前面推着一把椅子,撑在上面,不然你根本没法给我开门。"

"你跟着妈妈受了很多苦,"她说,"得经常见见面。工厂怎么样?"

"我给他们做了一个有奖竞猜的提案。他们能挣25万。"

"每月才给你270马克,这帮人。"母亲生气了。有人敲门,是霍尔菲尔德太太拿了茶来。她把托盘放到桌上,说道:"您的伯父又来了。"

"你的伯父?"母亲诧异地问。

"我也很吃惊。"房东太太称。

"您可别惊出个好歹来,仁慈的太太。"法比安回答,霍尔菲尔德太太委屈地离开了。法比安把发明家请进屋,说:"母亲,这是我的一个老朋友。他昨天在沙发上睡的,我把他称为伯父,是为了减少麻烦。"他转向发明家说:"这是我的母亲,亲爱的伯父，本世纪最好的女人。您请坐，今天自然睡不成沙发了。但是如果您愿意，我想邀请您明天过来。"

老先生坐下，咳嗽了一声，把帽子罩到伞柄上，然后掏出一个信封塞到法比安的手里。"您赶紧收起来，"他请求道，"这是我设计的机器。马上就有人来，我的家人想再把我送进精神病院。他们很可能打算趁机夺走我的笔记，拿去赚钱。"

法比安把信封装了起来。"他们想把您关进精神病院？"

"我不介意，"老人说，"到那里就清净了，那里的公园很美。主任医师还凑合，他本身就有点疯疯癫癫，象棋下得很好。我去过两次了。要是受不了，我就再溜出来。请原谅，夫人，"他对母亲说，"给您添麻烦了。要是他们来接我，您别害怕。门铃马上就响。我准备好了，资料已经保存妥当。顺便说一句，我没疯，只不过对我宝贵的亲属来说太过理智。亲爱的朋友，请记得给我写几行信，寄往布尔根多夫*的精神病院。"

门铃响了。

"他们来了。"老人喊道。

霍尔菲尔德太太领了两位先生进来。

---

* 位于德国巴伐利亚州。

"请原谅，打扰了，"其中一位鞠躬说道，"我受到全权委托——您可以查阅——把科尔雷普教授从您这里带走。我的车在楼下等着。"

"干吗这么麻烦，亲爱的卫生委员？您瘦了。我昨天就注意到，你们在跟踪我。您好，温克勒，我们要上您的车了。我亲爱的家人怎么样？"

医生耸了耸肩。

老人走过去打开衣柜，往里看了看，随即把柜门关上，走到法比安身边，握住他的手，说道："非常感谢您。"他继而朝门口走去，并对老太太说："您有个好儿子，不是每个人都能做到这一点并坚持自我。"他就这样走出了房间，医生和看守跟着他。法比安和母亲望向窗外。司机帮老发明家穿上一件风衣，披肩被折叠摆放起来。

"一个怪人，"母亲说，"但他没疯。"汽车开走了。"他为什么要打开衣柜来看？"

"我今早把他关在了衣柜里，免得房东太太发现。"儿子说。

母亲倒上茶。"但你还是很草率，竟然让完全不认识的人睡在这里。随时可能出事。但愿他没把你衣柜里的东西弄脏。"

法比安把精神病院的地址写到信封上，把它锁了起来，然后坐下来吃饭。

晚饭过后，他说："收拾一下，咱们去看电影。"趁母亲穿衣服的时候，他去找科尔内利娅，告诉她母亲来了。女友很累，已经躺在了床上。"我睡到你从电影院回来，"她说，"你能再来看看我吗？"法比安答应了。

法比安和母亲看了部二维有声电影，是一部蹩脚的喜剧。除此以外，不惜工本，极尽奢华。尽管为了顾全体面没有上演，但给人的印象是，连床底的夜壶都是金的。母亲笑个不停，这让法比安很高兴，也跟着笑。

他们步行回去。母亲很开心，过了一会儿说道："要是我以前像今天这么健康，孩子，那你的日子也能好过点。"

"本来过得也不赖，"他说，"再说已经过去了。"

回到家，他们就谁睡床谁睡沙发争论了一番，最后法比安赢了。母亲为他铺好了沙发。他说得先去趟隔壁。"那里住着一位年轻的姑娘，我和她好上了。"以防万一，他向母亲告别，给了母亲一个吻，便轻轻开了门。

一分钟后他又回来了。"她已经睡了。"他低声说着上了沙发。

"以前这样可不行。"法比安太太说。

"她母亲也这么说。"法比安说完,向着墙转过身去。突然,在马上就要睡着的时候,他又坐了起来,摸索着穿过昏暗的屋子,俯身对着床,像以前那样说道:"睡个好觉,妈妈。"

"你也是。"她喃喃着睁开眼。他没有看到,摸黑回到了沙发上。

第十三章

第二天早上,他被母亲叫醒:"起床,雅各布!上班迟到了!"他迅速收拾完毕,站着喝了咖啡,向母亲道了别。

"这段时间我整理整理,"她说,"到处都是灰尘。你大衣上的挂襻掉了,别穿了,外面挺暖和。"

法比安靠在门上,看着母亲忙活。她容易激动,加上爱整洁,这股勤快劲让人备感亲切。房间里充满了这种气氛,让他突然很想家。"你就不能坐个五分钟,歇歇脚松口气?"他告诫道,"我现在有时间的话该多好啊。我们可以去动物园,或者水族馆,要么就待在这里,你再给我讲讲我小时候多么滑稽。小时候我用大头针往床架上钉画,把床架都划破了,然后拉着你的手,让你看那幅美丽的画。你生日的时候,我还送给你黑白棉线、一打缝衣针和一些按扣儿。"

"是一板大头针和黑白两色的丝线,我至今记忆犹新,"母亲说着,把他的上衣抚平,"这件西装得熨了。"

"我还得娶个妻子,生七个好玩的小孩。"他颇有先见之明地补充道。

"去上你的班吧!"母亲双手叉腰,"工作才健康。还有,下午我去公司接你,我在门口等着。然后你送我去火车站。"

"可惜你只能住一天。"他折返回来说道。

母亲没有理他,忙着收拾沙发。"我在家里急得不行,"她嘟哝着,"现在放心了。只不过你得多睡点,不能把生活太当回事,孩子,这样生活也不会变轻松。"

"我走了,要不然真得迟到了。"他说。

她在窗口望着他,点了点头。他挥挥手并且大笑,快步前行,等到看不见房子,便放缓脚步,最后停了下来。他和老太太玩起了捉迷藏!尽管无事可做,他却离她而去,把她一个人留在楼上那间陌生、丑陋的屋子里。尽管他知道,母亲愿意用她生命的一整年交换与他在一起的一小时。下午她要去公司接他,那只好给她演一出喜剧,不能让她知道自己被解雇了。他身上的西装,是他32年来唯一一套自己购买的衣服。她的一生都在为了他操劳、节俭。难道就没个头吗？

下雨了，他只好躲到西区的商场里闲逛。商场尤其适合给没钱没伞的人提供消遣，尽管这不是它的本意。他倾听了一会儿一名女售货员流畅的钢琴弹奏。食品部的鱼腥味让他避之唯恐不及，大概是由于胎儿时期的记忆，他从童年起就受不了这个味道。在家具层，一个年轻人铁了心要卖给他一个大衣柜，说什么这东西物美价廉，机不可失。简直闻所未闻，强人所难，法比安脱身溜达到了图书区。在一个二手书柜台上，他看到了一本叔本华选集，翻了翻便爱不释手。这位锲而不舍的前辈建议，借助印度的救世实践把欧洲变高贵；这一建议自然是种妄想，就像迄今为止所有积极的建议一样，不管它们是出自19世纪的哲学家抑或20世纪的国民经济学家。但是除此之外，这位老人无与伦比。法比安发现了一篇探讨类型学的文章，就读了起来：

"这一差别正是柏拉图所谓的'愉快型'和'忧郁型'。该差别源于不同的人对愉快和不愉快的印象有着不同的敏感性，因此一件使这个人近乎绝望的事情，则让另一个人哈哈大笑；而且一般而言，对愉快印象的敏感性越弱，对不愉快印象的敏感性则越强，反之亦然。某件事有好或不好两种结果，而且概率均等,'忧郁型'的人会对不好的结果生气或烦恼,遇到好的结果也不会高兴;相反,'愉快型'的人不会对不好的结果生气或烦恼,但是遇到好的结局却会高兴。如果'忧郁型'的人十项计划成功了九项,那他不会为成功了的计划而高兴,却会为了落败的那一项而生气;而'愉快型'的人在相反的情况下,会为了成功的那一项而感到安慰和快乐。

"所谓祸福相生,同样,'忧郁型',亦即性格阴沉和胆怯的人,总的来说虽然要忍受想象中的不幸和痛苦,但是相较于性格开朗和无忧无虑的人,他们更少遭遇现实中的不幸和痛苦;因为把一切都看得悲观的人,总是担心出现最坏的情况,并采取相应的防范措施,所以,他们失算的频率就低于那些总是赋予事情以明亮色彩和前景的人。"*

"可以卖给您点什么呢?"一个老气的女售货员问。

"您有棉袜吗?"法比安问。

老气的女售货员恼火地打量着他,说道:"在底层。"法比安把书放回柜台,踏上了下楼的台阶。叔本华,偏偏是叔本华,把两种类型的人相提并论进

---

* 翻译参考了韦启昌的译著选段,载于《人生的智慧》,上海人民出版社,2001年,第19—20页。译文有改动。

行对比,这合理吗?他不是在自己的心理学中声称,快感无非是精神上最低限度的不快?他这句话不是违心地把"忧郁型"的人的观点绝对化了吗?瓷器和陶瓷工艺部人头攒动,法比安走了过去。顾客、售货员和闲逛的人围着一个哭肿了眼的小女孩。小女孩 10 岁左右,背着一个书包,衣着寒酸。她浑身颤抖,惊恐地看着周围满脸狠毒和兴奋的成年人。

部门经理来了。"怎么回事?"

"我抓到这个无耻的东西偷烟灰缸,"一个老姑娘宣布,"就这个!"她举起一个小小的彩色碟子,让领导看。

"去找校长!"穿燕尾服的部门经理威风凛凛。

"今天的青少年啊。"一个打扮得妖里妖气的蠢女人说。

"去找校长!"一个女售货员一边喊着,一边抓住了小女孩的肩膀。小女孩大哭起来。

法比安穿过人群。"马上放了这个孩子!"

"您怎么可以这样呢?"部门经理说。

"您管什么闲事?"有人问。

法比安轻轻拍了一下女售货员的手指,让她松开了小女孩。他把小女孩拉到自己身旁,问道:"你为什么偏偏要拿走一个烟灰缸呢?你抽烟吗?"

"我没钱,"小女孩说着踮起脚,"我爸爸今天过生日。"

"没钱就直接去偷,以后不得了啊。"妖里妖气的蠢女人说。

"请您给我们开张付款单,"法比安对女售货员说,"这个烟灰缸我们买了。"

"但是这个孩子得受惩罚。"部门经理称。法比安向他走去,说道:"要是您不接受我的提议,我就把您所有的陶瓷都打烂。"

穿燕尾服的男人耸耸肩,女售货员开了张付款单,把烟灰缸装到盒子里。法比安到收银台结了账,接过盒子。他陪着小女孩走到出口。"给你烟灰缸,"他说,"但是小心点,别打碎了。以前有个小男孩,买了口大锅准备平安夜送给妈妈。等到了那天,他手里拿着锅,穿过半开着的门,只见圣诞树闪着美丽的光芒。'给,妈妈,给你……'他说。他还想说:'给你锅。'但是'啪嗒'一声,锅碰在门上打碎了。'给,妈妈,给你锅把儿。'小男孩只好说道,因为他手里只剩了个把儿。"

小女孩仰头望着他,双手紧紧抱着盒子说:"我的烟灰缸没有把儿。"她行了个屈膝礼,跑了;旋即又转过身来,大喊:"非常感谢!"然后消失了。

法比安来到马路上,发现雨停了。他站在人行道的边沿,看着来往的车流。一辆汽车停了下来,一位老太太提了大包小包一大堆，艰难地在座位上挪动，准备下车。法比安打开车门，扶老太太下了踏板，礼貌地脱帽退到一旁。

"来！"他旁边有人说。是那位老太太。她往法比安手里塞了什么东西，点点头进了商场。法比安摊开手，手里放着10芬尼硬币。他无意间赚了10芬尼。难道他看起来都像个乞丐了吗？

他把硬币揣了起来，不服气地走到马路边，打开了另一辆车的车门。"给！"有人说着，也给了他10芬尼。"可以干成一项职业。"法比安心想。15分钟后，他赚了65芬尼。"要是现在拉布德经过，撞见我这个文学史专业的开门人。"他考虑着。但是这个想法没有吓到他。他只是不想遇到母亲和科尔内利娅。

"愿意接受我善意的馈赠吗？"一位女士问，并给了他一张较大面额的纸币。是伊雷妮·莫尔太太。"我观察你很长时间了，老朋友，"她一边说一边幸灾乐祸地微笑，"我们总能碰面。你穷成这样了？你拒绝我丈夫的提议时太草率了，钥匙你也该留着。我还等着在我的床上和你重逢呢。你的克制真性感。来，帮我拿着盒子。小费已经给你了。"

法比安接过那些盒子，默默地跟在后面。

"我能为你做点什么？"她若有所思地问，"丢了工作，是吧？我不记仇。可惜没法再指望莫尔了，他坐船去了法国还是别的哪里。现在刑警住在我们家，莫尔侵吞了事务所的钱，已经很多年了。我从来没想到他会干这种事，我们低估了他。"

"那您现在靠什么生活？"法比安问。

"我开了家包食宿的公寓。大型公寓现在很便宜，家具是一个老熟人送我的；所谓的老熟人，是指不久前才认识的一个老家伙。他只要了几个门上的猫眼。"

"那谁住在这栋一览无余的公寓呢？"

"年轻的男人们，先生。膳宿免费，还能拿到收入的30%。"

"什么收入？"

"我的俱乐部里都是些不信教的年轻小伙，上流社会满怀激情的阔太太经常光顾他们。这些阔太太未必漂亮苗条，甚至没人相信她们曾经年轻过。但她们有钱，不管我要价多少，她们都照付。就算让她们偷丈夫的钱或是把丈夫杀了，她们也来。住我公寓的小伙子都赚了。家具商大饱眼福，阔太太意乱情迷。我手里三个年轻人被买走了。他们有了可观的收入、自己的住所，身旁还有小女朋友，当然是秘密的。其中一个是匈牙利人，被一名工业家的妻子包养了。他活得像位王子。他要是机灵，一年就能捞上一大笔，到时候再把那个老婆子甩了。"

"这么说是一家男妓院。"法比安说。

"这种机构如今存在的合理性要比妓院高得多，"伊雷妮·莫尔太太宣称，"另外我年轻的时候就梦想着，开一家这样的男妓院。我很满意。我有钱，几乎每天都能为公司招来新的人手，每一个应聘公寓职位的人，首先都得通过我的录用考试。我不是哪个都要！真正的人才很罕见，更确切地说，天赋是存在的。我以后得开设进修课程。"

她停住了脚。"我到了。"膳宿公寓位于一栋高大优雅的出租楼内。"我想向你提个建议。你不适合来公寓寄宿，亲爱的。你太挑剔了，对这个行业来说也超龄了，我的顾客偏爱20岁的小伙子。再说了，你还妄自尊大。我可以用你做秘书。确保账目清晰慢慢变得必要起来。你可以在我的私人房间里工作，也可以住在那里。你觉得呢？"

"你的盒子。"法比安说，"我怕自己会忍不住作呕。"

这时，楼里出来两个年轻的小伙子。他们穿着时髦，看到莫尔太太时迟疑了一下，然后摘下帽子。

"加斯顿，你今天获准外出了吗？"她问。

"麦凯说，让我去看看7号承诺送他的汽车。20分钟后我就回来。"

"加斯顿,你马上回你的房间。这是什么乱七八糟的?麦凯自己去。走!12号预约了3点。你现在去睡觉,去吧!"

年轻人返回了楼里,另一个打了个招呼走了。

莫尔太太转身朝向法比安。"你又不愿意?"她接过盒子,"我给你一周的考虑时间,地址你现在知道了,考虑考虑吧。饿死与否属于个人爱好。另外也算帮了我一个忙。真的。你越抗拒,这个主意就越吸引我。不着急,这几天我有足够的消遣。"她进了楼。

"简直是逼良为娼。"法比安喃喃自语着转身离去。

他来到一家酒馆,点了烤香肠配土豆沙拉,边吃边读店里悬挂的报纸,记下招聘启事。随后,他来到一家散发着霉味的文具店,买了写信所需的材料,写了四封求职信。投到信箱后,他发现时间到了,于是相当疲惫地走向香烟厂。

"又看见您了?"门房问。

"我和母亲要在这里碰面。"法比安回答。

门房一只眼睛眨了眨:"包在我身上。"

法比安很难堪,人家显然看穿了他的把戏。他快步走进行政大楼,坐到一扇窗户旁,每五分钟看一下表。一听到脚步声,他就紧贴到窗框上。十分钟后下班了,职员们匆匆忙忙,谁也没注意到他。

他正准备离开自己的藏身之处,却又听到越来越近的脚步声和说话声。

"明天在管理层会议上,我会介绍你准备的有奖竞猜,亲爱的菲舍尔,"一个声音说,"提案不错,你一定会受到赏识。"

"谢谢主任先生抬爱,"另一个声音回答,"其实这个项目是法比安博士留给我的。"

"留给你就是你的,菲舍尔先生!"主任的声音很不友好,"你不喜欢我的提议吗?你不愿意加薪吗?是吧!再说了,这个项目还需要完善,我马上以你的材料为基础,打印一份报告。相信我,我们的有奖竞猜一定会成功。你现在可以回家了。你过得可真舒服。"

"席勒说过,师傅必须一直操劳[*]。"菲舍尔说。法比安从窗边走过来,菲舍尔惊恐地倒退了一步,主任布赖特科普夫伸手摆弄自己的衣领。"我不像您那么惊讶。"法比安说完,向楼梯走去。

"他来了。"门房说。他正和法比安的母亲聊着天。母亲把箱子放在了地上,旅行袋、手提包和伞

---

[*] 出自席勒的诗歌《大钟歌》(Das Lied von der Glocke),原句为:"Meister muß sich immer plagen"。

搁到了箱子上。她朝儿子点点头。"工作很勤奋吧？"她问。门房善意地微笑着，踱进自己的隔板屋。

法比安握了握母亲的手。"我们还有半个小时的时间。"他说着拿起了行李。

他们上了火车，占好靠边的座位后（在最中间的车厢，因为法比安太太认为，一旦火车发生意外，这节车厢相对安全一些），就在车厢前走来走去。

"别离这么远，"她抓住儿子的衣袖，"箱子很容易被偷。一转身就没了。"最后法比安变得比母亲还多疑，不停地透过窗户向着行李架张望。

"现在行了，"她说，"大衣的挂襻已经缝上了，房间里看上去又有个人样了。霍尔菲尔德太太一脸委屈，但也顾不上她了。"

法比安跑向一个流动餐车，拿回一个火腿小面包、一包饼干和两个甜橙。"孩子，你真是大手大脚。"她说。他笑了，爬上车厢，悄悄把一张20马克的纸币塞到她的手提包里，然后返回月台。

"你什么时候能再回趟家啊？"她问，"我给你做你爱吃的菜，每天一样，我们去玛尔塔阿姨家的花园。店里没什么事。"

"一有空我就回去。"他向母亲保证。

母亲一边从车厢的窗户往外望着，一边说："要健健康康的，雅各布。要是这里没有起色，就收拾行李回家。"

他点点头。他们相视而笑,就像人们在月台上惯常做的那样,仿佛面对着摄影师,只不过周围看不见摄影师。"好好的,"他低声说,"你能来,真好。"

然后,火车开动了。法比安跟着跑了一段,跑到大厅的尽头停下,挥手示意。

桌上插着花,旁边放着一封信。他把信打开,一张20马克的纸币掉了出来,还有一张纸条,上面写着:"聊表爱意,你的母亲。"底下的角落里还写着:"先吃肉排。香肠在防油纸里,可以保存几天。"

他把20马克的纸币塞进口袋。母亲正坐在火车里,肯定很快就会发现他放到手提包里的那张20马克。从数学上来看,结果等于0,因为两个人现在拥有的数额和原先一样。但是善行无法冲抵,道德方程式和算术题是两回事。

当天晚上,科尔内利娅向他要100马克。她说在电影公司的走廊里遇到了马卡特,马卡特来竞争对手的公司谈影片发行。他和她搭话,说她是自己寻找了很久的那种类型,当然,是为了找来拍他公司的下一部电影。他让她明天下午去办公室找他,制片主任和导演都会去。说不定会和她试试戏。

"我明天中午得去购置一件新的套头衫和一顶

帽子，法比安。我知道，你的钱也不多了。但我不能错过这次机会。你想象一下，如果我成了电影演员！你能想象得出来吗？"

"能，"他说，并把自己仅有的一张100马克的钞票给了她，"但愿这钱能给你带来好运。"

"给我？"她问。

"我们。"为了让她高兴，他改口道。

第十四章

　　这一夜，法比安做起了梦。他以为自己不太做梦，实际上恐怕不然。只因为这一夜科尔内利娅叫醒了他，他才记得做了什么梦。几天前，谁会把他从梦里叫醒呢？睡在科尔内利娅身边以前，谁会半夜三更忧心忡忡地把他晃醒呢？没错，他和不同年龄的女人睡过觉，但是何曾睡在她们身边过呢？

　　他梦见自己走在没有尽头的马路上，房子全都高不见顶。路上空空荡荡，房子无门也无窗。天空高远，犹如悬在一口深井之上那般怪异。法比安又饿又渴，疲惫不堪。他明知道马路没有尽头，但还是走啊走，想要走到头。

　　"徒劳而已。"一个声音响起。他四处张望，原来是老发明家站在他的身后，披着褪色的披肩，手拿没有折平整的雨伞，头戴硬挺的灰礼帽。

"您好，亲爱的教授，"法比安喊，"我还以为，您在精神病院。"

"这里就是。"老人说着，拿伞柄向其中一座建筑敲去。破锣似的响声之后，没有门的地方开了一扇门。

"我的最新发明，"老人说，"亲爱的侄子，请允许我走在前头，这里我熟。"法比安紧跟其后。主任布赖特科普夫蹲在门房里，捧着肚子，抱怨着："我怀了孩子，女秘书又没注意。"说完朝自己的秃头打了三下，声大如锣。

教授把没有折平整的伞插到主任的咽喉深处，然后把伞撑开。布赖特科普夫的脸像气球一样炸裂。

"诚挚地感谢。"法比安说。

"不值一提，"发明家回答，"您见过我的机器了吗？"他牵着法比安的手，领他穿过一条闪着蓝色霓虹灯的走廊，来到室外。

一台高如科隆大教堂的机器耸立在他们面前。半裸的工人站在机器前，手持铁锹，把几十万小孩铲进一个熊熊燃烧的巨大锅炉中。

"请到另一端来。"发明家说。他们坐着传送带穿过灰突突的院子。"看这里。"老人说着指向天空。法比安仰头望去。只见巨大灼热的酸性转炉垂下来，自动翻转，把炉里的东西倾倒在一面水平的镜子上——全是大活人。男男女女掉落在闪闪发光的玻璃上，站起身来，着了魔般呆呆地注视着自己清晰却不可企及的映像。有些人向着玻璃深处挥手，仿佛彼此熟识。一个人从口袋里掏出手枪，平正准星，瞄准自己映像的心脏，却击中了自己的脚趾，疼得面目狰狞。另一个人原地打转，显然他想背对着自己的映像，但他的尝试失败了。

"每天十万，"发明家解释道，"此外我还缩短了工作时间，实行每周五天工作制。"

"都是疯子吗？"法比安问。

"这是个术语问题，"教授回答，"稍等，接合器失灵了。"他走到机器前，把伞捅进一个孔里。突然间伞消失了，接着披肩也不见了，披肩拽着教授，把教授也拉了进去。他的机器把他吞噬了。

法比安坐着传送带横穿灰突突的院子，返回原地。"出事了！"他冲一个半裸的工人大喊。这时，一个小孩从锅炉里掉下来，戴着一副牛角框眼镜，小手攥着一把没有折平整的雨伞。工人把这个小孩铲到铁锹上，抛回灼热的锅炉里。法比安再次穿过院子，来到摇摆的酸性转炉下，等待着他的老朋友变身归来。

他徒劳地等着。他自己反而掉了下来。第二个法比安，只不过披着披肩，拿着伞，戴着礼帽，从一个巨大的倾倒箱里掉出来,站到其他人身旁,和他们一样,呆呆地注视着镜子里的映像。他俯视着脚下镜子里悬着的映像,也就是第三个法比安,而后者正呆呆地仰视着第二个法比安。第二个法比安用拇指指着身后的机器说:"机械化转世轮回,专利权归科尔雷普所有。"然后便向着站在院子里的法比安真身走去,与之合二为一,不见了。

"如同量身打造。"法比安承认,拿起填满他的身体、消失不见的机器人的雨伞,整了整披肩,又成了他本人的唯一样本。

他向闪光的镜子望过去。那些人突然沉入其中,像陷入透明的沼泽一样。他们张大嘴巴,看似在惊恐地大叫,但是什么也听不见。他们完全落入镜面之下,之前的映像在逃离,像鱼一样,头朝前,变得越来越小,直到完全消失。现在真实的人站在底下,仿佛被困在琥珀中。法比安走到跟前,他看到的已经不再是镜像。沉没的生灵之上仅仅罩着一块玻璃板,他们仍然活着。法比安跪下去俯视着。

肥胖的裸体女人,身上布满因忧虑而生的皱纹,坐在桌旁喝着咖啡。她们脚套网眼袜,头戴系带的小帽子,手镯和耳环闪闪发光。一个老太婆鼻孔上穿了一只金环。其他桌前坐着肥胖的男人们,身体半裸,和大猩猩一样浑身是毛,戴着大礼帽,有些穿着淡紫色的内裤，所有人肥厚的嘴唇间都叼着大雪茄。男男女女一起贪婪地望着一块帘子。帘子拉开，涂脂抹粉、身穿紧身泳衣的小伙子们像矫揉造作的时装模特一样，骄傲地走上高台。他们身后跟着年轻的姑娘们，同样身穿泳衣，扭捏地微笑着，卖力展示着自己身上一切圆形的东西。法比安认出了其中几个，有库尔普、雕塑家、塞洛，还有豪普特厅堂里的葆拉。

上了年纪的男男女女把观剧望远镜紧贴在眼睛上，跳起来，磕磕绊绊地穿过桌椅，挤向高台。他们你推我搡，像发情的马一样嘶鸣。珠光宝气的胖女人们把年轻的小伙子拽下台来，号叫着把他们扑倒在地，卑微地跪着，两条肥腿张开，从胳膊、手指和耳垂上扯下珠宝，乞求着递给妖娆微笑的小伙子。老男人们把猴子一样的手臂伸向姑娘们，也伸向小伙子，激动得脸色紫红，抓到谁就一把搂住。短裤、静脉曲张、吊袜带、扯碎的彩色泳衣、布满褶皱的肥胖四肢、扭曲的面孔、咧开大笑的油嘴、棕色的细胳膊、抽搐的脚，摊了满地，宛如一块有生命的波斯地毯铺在地上。

"你的科尔内利娅也在那里。"伊雷妮·莫尔太太说。她坐在法比安身旁，从一个大糖果袋里掏出小小的年轻人来吃。她像剥那不勒斯巧克力糖纸一样，首先撕掉他们的衣服。法比安寻找着科尔内利娅。其他人都在地上疯狂地打滚，只有她站在高台上，反抗着一个肥胖粗暴的男人，那男人一手掰开她的嘴，一手拿着一支雪茄，把点燃的一头往她嘴里塞。

"要反抗他，没门儿，"莫尔太太边说边在她的糖果袋里翻找着，"那是马卡特，电影制造商，钱多得跟草一样。他老婆服毒自杀了。"科尔内利娅摇摇晃晃，从马卡特身旁摔进骚乱的人堆里。

"跟着她跳下去啊！"莫尔太太说，"不过你不敢，你担心撞破你和其他人之间的玻璃。你把世界当成了橱窗。"

科尔内利娅不见了。但法比安看到了大限将至的威廉米，他光着身子，左腿是条假肢。他站在一张四柱床上，像个冲浪运动员一样，滑过不停扭动的人群。他挥舞着自己的拐杖，敲击紧抓床沿的库尔普的头和手，直到姑娘鲜血直流，松手坠落。

威廉米往拐杖上拴了一根绳子，绳尾绑上一张钞票，像钓竿一样扔了下去。底下的人像鱼儿一样跳到空中，张嘴去咬钞票，体力不支了便落下，随即又一跃而起。看那里！一个女人张嘴叼住了钞票。是塞洛。她发出刺耳的叫声，鱼钩刺穿了她的舌头。威廉米往回拉绳子，塞洛面容扭曲，离床越来越近。

但是雕塑家出现在她的身后，双臂抱住女友往后拉。塞洛的舌头从嘴里拉出去老远。威廉米和雕塑家你拉我扯，互不相让，把塞洛的舌头越拉越长，像根红色的橡皮筋，绷得简直要断掉。威廉米气喘吁吁，开怀大笑。

"精彩！"伊雷妮·莫尔大喊，"像拔河。我们生活在运动的时代。"她把空袋子揉成一团，说："现在我来吃你。"她扯下法比安的披肩，手指交错如剪刀，剪破了他的西装。法比安用伞把打她的头，她打了个趔趄，放开了他。"我是爱你的。"她低语着，哭了起来。她的眼泪像小肥皂泡一样从眼角渗出，越变越大，闪烁着升到空中。法比安站起来往前走，来到一个没有墙壁的大厅。大厅的一端与另一端由无数的台阶相连，每级台阶上都站着人。他们颇有兴趣地仰着头，掏着彼此的口袋。每个人都在偷别人的东西。

每个人都偷偷翻着前面人的口袋，同时又遭受着身后人的翻找。大厅里很安静，尽管如此，所有人都在动。人们起劲地偷着，也听凭自己被别人偷。最底下的台阶上站着一个10岁的小女孩，她从前面人的大衣里掏出一个彩色的烟灰缸。突然，拉布德出现在最上面的台阶上，高举双手，俯视台阶并大喊："朋友们！同胞们！正直必胜！"

"必胜!"其他人一齐高呼,继续翻寻着别人的口袋。

"支持我的人,请举手!"拉布德喊。

其他人举起了手,每个人都举起了一只手,另一只手继续偷着。只有最下面台阶上的小女孩举起了两只手。

"谢谢你们,"拉布德说,他的声音听起来很感动,"人类向着有尊严的时代迈进。请不要忘记这一刻!"

"你是个傻子!"科尔内利娅喊,她站在拉布德身边,身后拖着一个高大英俊的男人。

"我最好的朋友是我最大的敌人,"拉布德伤心地说,"我不在乎。就算我被毁灭,理性终将获胜。"

这时响起了枪声。法比安仰头看去,到处都是窗户和屋顶,周围全是持左轮手枪和机关枪的黑衣人。

台阶上的人卧倒一片,但仍在继续偷窃。枪弹声嗒嗒响,他们死了,手还在别人的口袋里。台阶上堆满了尸体。

"这些人死不足惜,"法比安对朋友说,"来啊!"但是拉布德屹立在枪林弹雨中。"我也死不足惜了。"他轻声说着,转身朝向窗户和屋顶,威胁着黑衣人。

子弹从天窗和山墙射下来,窗户上挂着伤者。在山墙的一边,两名身强力壮的男人扭打在一起,掐住对方的脖子，下嘴去咬，直到其中一人站立不稳，然后双双倒下，传来空洞的脑壳砰然撞地的声音。几架飞机从大厅的天花板下嗡嗡飞过，向房屋投掷燃烧弹，屋顶开始燃烧，绿烟飘出窗户。

"他们为什么要这样做？"商场里见过的小女孩抓着法比安的手。

"他们想盖新房子。"他回答。说完他抱起小女孩，跨过尸体，走下台阶。走到半路，他遇到一个矮个子的男人，正站在那里往本子上写着数字，嘴里计算着。"您在这儿做什么？"法比安问。

"我要买残余部分，"那人回答，"每具尸体30芬尼，不那么安详的再加5芬尼。您有谈判授权吗？"

"见鬼去吧！"法比安吼道。"过会儿。"矮个子的男人说完，接着计算。下了台阶，法比安把小女孩放下。"回家去吧。"他说。孩子单脚跳着，唱着歌走了。

他又登上台阶。经过小矮个儿身旁时，听他嘀咕道："我1芬尼不赚。"法比安加快了脚步。上面的房子塌了，火舌从石堆中喷出，灼热的房梁垂了下来，掉在地上，就像落在了棉花中。仍有零星的枪声响起，戴防毒面具的人匍匐着穿过废墟。一遇到旁人，他们便举枪瞄准射击。法比安四下张望，拉布德在哪儿？"拉布德！"他大喊，"拉布德！"

"法比安！"一个声音喊道，"法比安！"

"法比安！"科尔内利娅边喊边晃。他醒了。"你为什么喊拉布德的名字？"她摸了摸他的额头。

"我做梦了，"他说，"拉布德去法兰克福了。"

"要我开灯吗？"她问。

"不用，快睡吧，科尔内利娅，你明天一定要漂漂亮亮的。晚安。"

"晚安。"她说。

两个人醒着躺了很长时间。他们都知道对方没睡，但谁也没说话。

第十五章

次日清晨,科尔内利娅去上班时,法比安坐在敞开的窗户前。她胳膊下夹着公文包,踌躇满志地走了。她有工作,她在赚钱。他坐在窗前,被太阳晒得发痒。太阳暖暖地照着,仿佛世界秩序井然,没有什么能让它惊慌失措。

科尔内利娅已经走远了。他不可以叫她回来。如果那样做了,如果他弯腰探出窗户说:"上来吧,我不想让你工作,我不愿意你去找马卡特!"她会说:"你要干什么!给我钱,不然别拦着我。"他无可奈何,对着太阳伸出了舌头。

"您在那儿干什么呀?"霍尔菲尔德太太问;她不声不响地走了进来。

法比安拒人千里:"我在逮苍蝇。今年的苍蝇又大又脆。"

"您不去上班吗？"

"我退休了。从下个月1号起，我会出现在财政部的赤字中，作为一项不可预见的额外支出。"他关上窗户，坐到沙发上。

"失业了？"她问。

他点点头，从口袋里掏出钱来。"这80马克是下个月的房租。"

她迅速接过钱，嘴里说着："不急，法比安先生。"

"急。"他把自己仅有的纸币和硬币一目了然地摆到桌上，数着还剩多少钱。

"如果把我的资本存到银行，每年可以拿到3马克的利息，"他说，"不算值啊。"

房东太太的话多了起来。"昨天的报纸上，有个工程师建议把地中海的水位降低200米，让大片的陆地露出来，就像冰河纪之前，可以供几百万人定居和生活。另外他还说，可以借助几段短距离的路基，开设柏林和开普敦之间的直达火车！"霍尔菲尔德太太仍被工程师的建议所振奋，说起来激情似火。

法比安敲着沙发扶手，一时间灰飞尘舞。"那好吧！"他大喊，"出发去地中海！我们去降下它的水位来！您一起去吗，霍尔菲尔德太太？"

"很乐意。自从蜜月旅行后，我再也没去过那里。

一个美丽的地方,热那亚、尼斯、马赛、巴黎。顺便说一句,巴黎不在地中海边上。"她话头一转,"那位博士小姐肯定很伤心吧?"

"可惜,她已经走了,要不然我们可以问问她。"

"一个迷人的姑娘,还那么高雅,我觉得,她很像罗马尼亚王后年轻时的样子。"

"猜对了,"法比安站起来,把房东太太送到门口,"据说她是王后的一个女儿。但是,请不要外传。"

下午,他来到一家大型报社,等候扎哈里亚斯先生抽空接待。扎哈里亚斯先生是个熟人,在一次关于广告意义的讨论之后,曾对法比安说:"哪天您用得着我,可以来找我。"法比安漫不经心地翻着摆在接待室桌上的一本杂志,回忆起那次谈话。扎哈里亚斯当时热烈地赞同 H.G. 威尔斯[*]的论断,即基督教会的发展尤其要归功于巧妙的宣传;对于威尔斯的另一项主张,即广告不能再局限于提高肥皂和口香糖的消费,而是最终要充分地为理想服务,扎哈里亚斯同样大力支持。法比安则表示,人类的可教育性是个可疑的论点;此外,宣传者是否有资格

---

[*] Herbert George Wells(1866—1946),英国作家、记者和政治家。

教育民众，以及教育者是否有成为宣传者的才能，都成问题；理性只能传授给有限数量的、本身就理性的人。扎哈里亚斯和他针锋相对，直到他们发现，他们的观点冲突学术特征过强，因为两种可能的结果——理想主义启蒙运动的胜利或者失败——都以大量的金钱为前提。但没人会为理想出钱。

跑腿工们奔走在迷宫般的走廊里。纸筒从金属管道里啪嗒啪嗒地掉落。管理员的电话不断响起，访客络绎不绝，员工们从一个房间跑到另一个。一名部门主任，带着一班子点头哈腰的下属，匆匆下了楼。

"扎哈里亚斯先生有请。"

一名跑腿工把法比安带到门口，扎哈里亚斯热情地向他伸出手来。这个年轻人最突出的特点是，无论做什么都特别有活力。他总是激情四溢，不管是刷牙还是辩论，无论是花钱还是向领导们提建议，他都慷慨激昂。接近他的人，无不被这种没有幽默感的一本正经所感染。原本只是闲聊怎么打领带，突然就转到了当下最热门的话题。每次与扎哈里亚斯讨论业务，领导们都会注意到自己的职业、自己的报社和自己的岗位实际上无比重要。这个人的升迁不可阻挡。但他做不了实质性的工作，他充当了部门的催化剂和身边人的兴奋剂。他变得不可或缺，现年28岁的他每个月已经能拿2500马克。法比安向他说明了来意。

"没有空闲职位,"扎哈里亚斯说,"我真的很想帮您。另外,我坚信我们两个会非常合得来。究竟该怎么办呢?"他把两只手按在太阳穴上,就像一个马上要开悟的先知,"您看这样行不行?我自掏腰包,聘您做我的私人助理,我正缺您这样的人才。报社指望着我每天提一打建议。我是个机器人吗?别人灵感少,我有什么错呢?如果这样下去,我的大脑可扛不住。我前不久添了辆挺不错的小汽车,斯太尔,六缸,特制车身。我们可以每天开到郊外,窝上几个钟头想创意。我喜欢开车,能安抚神经。我给您开300马克。等这里一有职位,就给您。怎么样?"

不等法比安作答,对方就接着说:"不,这样不行。人们会说,扎哈里亚斯养了个白种奴隶。这些家伙个个想害我,全都拿着斧子站在门后,准备给我脑袋瓜来上一下子。究竟该怎么办呢?您就没有什么想法吗?"

法比安说:"我可以站到波茨坦广场上,胸前挂块大牌子,上面写着:'这个年轻人眼下无事可做,但是请您试试看,您会看到,他什么都做。'我还可以把这句话描到一个大气球上。"

"如果您把这个提议当真,那还真是挺好!"扎哈里亚斯大呼,"但是您并不把它当回事,所以它没有一点价值。您只把真正严肃的东西当真,说不定连那些都不当回事。真可惜。要是有您的才能,我现在都是执行董事了。"对于比自己强的人,扎哈里亚斯惯用一个高招:他承认对方强,他直截了当地坚持这一点。

"有才能有什么用呢?"法比安沮丧地问。这句反问让扎哈里亚斯始料未及。他自己坦诚,就够了。没想到有人这么过分,有求于他不说,还厚颜无耻地抢白他。

"很抱歉,我的话惹您不高兴了,"法比安说,"我没想冒犯您。我没觉得自己有多少才华,我这点本事连肚子都填不饱。我这样狼狈,就算骄傲于自己的才华,也顶多再骄傲 14 天。"

扎哈里亚斯站起身来,殷勤备至地把客人送到楼梯口。"您明天给我打个电话吧,12 点左右。不行,那个点我有个会,我们定在 2 点以后吧。说不定这段时间我能想出个办法。再见。"

法比安很想给拉布德打个电话,但拉布德在法兰克福。他绝不会向拉布德讲述一丁点自己的烦恼,拉布德的烦心事已经够多了。不为别的,他就想听听那熟悉的声音；朋友间聊聊天气都会有奇效。母亲走了，披着披肩的滑稽老发明家去了精神病院，科尔内利娅在为自己购置新帽子，来取悦几个电影人。法比安孤零零的。为什么人不能趁着自己没反悔，逃离自我呢？他在市中心漫无目的地游荡，但没过多久，却站到了科尔内利娅就职的那家公司前。他生起自己的气来，继续前行，又发现每路过一家帽子店，自己都要偷偷往里瞟。她现在还坐在办公室里吗？她在试帽子和套头衫吗？

来到安哈尔特火车站，他买了份报纸。坐在报刊亭里的男人看上去很惬意。"您需要个助手吗？"法比安问。

"最近我在学着织袜子，"那人说，"去年我有两倍的销售额，那都不宽裕。近来人们只在理发店和咖啡馆里看报纸了。真该当个面包师，理发店还吃不到免费的面包。"

"不久前有人建议，由国家统一把面包送上门，和自来水一个样，"法比安说，"小心点吧，有朝一日，连烤面包的也难免饿死。"

"您想来个三明治吗？"报刊亭里的男人问。

"还够一个星期的。"法比安说。他道过谢，便进了火车站。他仔细看着列车时刻表。要用最后的钱买张车票，回到母亲身边吗？但说不定扎哈里亚斯明天能想出条路来呢?他走出火车站,眼前又是一条条街道和一座座住宅,他感到头晕目眩。他倚墙站在几个行李搬运工旁边,闭上了眼睛。但是噪声折磨着他,仿佛有轨电车和公共汽车从胃里驶过。他再次转身,登上台阶去了候车室,把头靠在一张结实的长椅上。半小时后,他觉得舒服多了。他走到有轨电车站,坐车回到家,扑到沙发上,转眼就睡着了。

傍晚时分,他醒了。前厅的门砰地关上了。是科尔内利娅回来了吗?不是,是有人快步下了楼。他走到科尔内利娅的房间,大吃一惊。

衣柜开着,里面空空如也,箱子不见了。尽管暮色刚刚降临,法比安还是开了灯。桌上花瓶里的花已凋零,等着被人扔掉,花瓶底下压着一封信。他点点头,拿起信回到自己的房间。

"亲爱的法比安,"科尔内利娅写道,"早走胜过晚走吧?刚刚我站在你的沙发旁,你在睡觉。你现在还睡着,而我在给你写信。我很想留下来,但想象一下吧,如果我留下来,再过几个星期,你会很不开心。压抑你的不是贫困,而是贫困压倒一切的想法。只要你是一个人,不管发生什么你都会挺过去。峰回路转,一定会回到老样子。你很难过吗?

"他们打算让我主演下一部电影,明天签合同。马卡特给我租了个两居室,没法回避,他的口气就像在说50公斤的煤球。他50岁,看上去像个衣着考究的退役摔跤手。我觉得仿佛把自己卖给了解剖学研究所。如果我再回到你的房间,把你唤醒,会怎么样呢?你睡吧。我不会毁灭。我会想象成,医生在给我检查身体;随便他如何对我,必须如此。只有把自己也变肮脏,才能走出污淖。我们肯定想出去!

"我写的是:我们。你明白我的意思吗?我现在离开你,是为了和你在一起。你会继续爱我吗?你会无视另一个人的存在,愿意继续凝视我、拥抱我吗?明天下午4点开始,我会在肖特哈姆尔咖啡馆等你。如果你不来,我会变成什么样呢?科尔内利娅。"

法比安静静地坐着。天越来越黑。心脏疼。他握着沙发的球形把手,仿佛在反抗要把他拖走的人影。他控制着自己。信落在了地毯上,在黑暗中闪着光。

"我原打算洗心革面,科尔内利娅!"法比安说。

第十六章

当天晚上，他乘坐地铁北上。他站在车厢的窗户前，目不转睛地盯着漆黑的隧道，里面偶有小灯闪过；要么呆呆地望着地下车站热闹的站台；当列车开出隧道，又呆呆地望着一排排灰色的房子、昏暗的岔道和亮堂堂的房间，房间里的桌子旁围坐着陌生的人们，等待着自己的命运。他呆呆地俯视列车驶过的闪烁纷乱的铁轨；他望向长途火车站，里面嘎吱嘎吱响的红色卧铺车让人想到远途旅行；他呆呆地望向静静的施普雷河，望向被耀眼的霓虹灯照亮的剧院山墙，仰望城市上方没有星星的紫色天空。

法比安看着这一切，仿佛只有自己的眼睛和耳朵在穿过柏林，而他本人却离得很远，很远。他眼神急切，内心却毫无知觉。出门之前，他在自己装满家具的房间中坐了很久。在这座一望无际的城市的某个地方，科尔内利娅正和一个50岁的男人躺在床上，顺从地闭着双眼。她在哪儿？他真想把所有房子的墙都撕开，直到找到他们俩。科尔内利娅在哪儿？为什么她要害他无所作为？为什么她要在自己少有的、打算有所作为的时刻这么做呢？她不了解他。她情愿自己做错事，也不愿对他说："去做你该做的事！"她认为，他宁可遭受上千次的打击，也不愿抬一下胳膊。她不知道，他渴望着恪尽职守并负起责任。但是他愿意为之尽职的人究竟在哪儿呢？科尔内利娅在哪儿？她躺在一个又胖又老的男人身下，任人把自己变成一个娼妓，这样，亲爱的法比安就有闲情和时间去无所事事。她曾使他摆脱了自由，如今又慷慨地把自由还赠给他。一次偶然让一个人投入他的怀抱，为了这个人他终于可以有所作为，但是这个人又把他推回到他不想要的、该死的自由中。曾经两个人都获得了救赎，而如今他们全都不可救药。就在他找到了科尔内利娅，工作从而有了意义的那一刻，他丢了工作。而且因为丢了工作，他也失去了科尔内利娅。当初他口渴难耐，手里抓着一个容器，但他想放下，因为容器是空的。正当他几乎失去希望的时候，命运仁慈地装满了容器。他俯下身去，以为终于能喝上水了。"不，"这时命运说道，"不行，你不喜欢拿杯子。"容器——

从他的手中被打落，水沿着他的双手流向地面。

万岁！现在他自由了。他邪恶地放声大笑，引得其他乘客不快地远离他。他下了车。在哪站下车都一样，他自由了。天知道科尔内利娅在哪儿，要为自己睡出个前途或睡来绝望，或者两者合一。肖西大街上，在警营侧翼，透过敞开的大门，他看到几辆绿色的汽车，车灯闪烁着。警察爬上车，坚毅地默默站成一列。几辆车咔嗒咔嗒地向北驶去。法比安跟在它们后边。马路上全是人。呼喊声如石头般追着警车。所有警察都直视前方。

他们封锁了威丁广场边上的赖尼肯多夫大街，成群结队的工人正在逼近。骑警在警戒线后面，等待进攻指令。穿警服的无产者，颌下系着帽盔革带，对平民无产者严阵以待。是谁驱使他们相互对立？工人们走近了，他们的歌声越来越响亮，警察一步步前进，互相间隔一米。歌声被愤怒的吼叫所取代。虽然看不到过程，但光凭不断增强的声响，也能感觉到前方的工人和警察马上就要冲向彼此。一分钟后，叫喊声证实了这种猜测。双方相遇了，警察出手。马摇摇晃晃地动了起来，小步跑进真空地带，马蹄在铺石路面上嗒嗒作响。前方一声枪响。窗玻璃爆裂开来。马匹飞奔。威丁广场上的人想挤上前去。另一条警戒线封锁了通往赖尼肯多夫大街的入口，同时缓步向前推进，肃清广场。石块纷飞。一位警官中了一刀。警察们举起警棍，快步跑去。三辆卡车运来了增援力量，他们跳下缓慢行驶的车辆。工人们夺路而逃，在广场的最外缘和通道上又停了下来。法比安挤过人墙，继续前行。喧闹声渐渐远去，到了三条街外，似乎到处都笼罩着安宁和秩序。

几个女人站在一栋楼前。"嗨，您好！"一个说，"威丁那边打人了，是真的吗？"

"他们在给对方量尺寸。"他答了一句，走了。

"我敢发毒誓，弗朗茨又在里面，"那女人喊道，"咳，千万要回来啊！"

临街全是老旧、坚固的出租房，出租房之间竟突兀地坐落着一座游艺场，名叫佩勒叔叔的北园。手风琴的曲调淹没了姑娘们的说话声，她们手拉手，排成一长列，在门口闲逛。小伙子们斜戴着帽子，一副冒失样。他们走来走去，并且口出狂言，哄得姑娘们咯咯直笑，并给出直白的回答。

法比安走了进去。里面像个晒衣场。乙炔火焰闪烁着，把道路和货摊映得半明半暗。地面黏糊糊的，长满草茬儿。由于乏人问津，旋转木马上罩着防水布。穿粗布短上衣的男人、戴头巾的老婆婆、早就应该上床睡觉的孩童们，都在摆满货摊的道路前闲逛。

一个抽奖轮盘嘎嘎响。人们挤作一团,眼睛全盯着转动的圆盘。圆盘越转越慢,又转过几个数字,停了下来。

"25!"摊主宣布。

"这里,这里!"一个鼻梁上架副眼镜的老婆婆举起她的奖券。有人把奖品递给了她。她中了什么奖?1磅方糖。

轮盘又嗡嗡地响起来。

"17!"

"你好,是我!"一个年轻人挥舞着他的奖券。他中了1/4磅咖啡豆。"拿给母亲去。"他心满意足地走了。

"大奖马上就来!中奖者可以自行挑选奖品!"轮盘转动着,滴答作响,慢慢停了下来,不对,它又往前转了一个数字。

"9!"

"好家伙,这里!"一名工厂女工拍着两只手。她读着抽奖规则:"头奖可选择5磅优质面粉,或1磅黄油,或3/4磅咖啡豆,或3/4磅瘦肉。"她要了1磅黄油。"只要10芬尼,"她大笑着,"这个拿起来方便。"

"稍后是下一轮抽奖!"摊主大喊,"谁还没买奖券，谁还想再抽一次？那边那位，老奶奶！这里是穷人的蒙特卡洛*！花不了1马克，花不了半马克，只要10芬尼！"

对面干着类似的买卖。只不过奖品是肉和香肠，奖券的花费是这边的两倍。

"头奖，女士们先生们，头奖这次是半只汉堡大鹅！"一名屠户的妻子尖着嗓子喊，"20芬尼，大家壮起胆来！"她的助手拿了一把大刀，从一根粗香肠上切下薄薄的片来，分发给买了奖券的人品尝。其他人馋得口水直流，纷纷拿出钱包，掏出20芬尼买了奖券，接过香肠片吃了起来。

"你觉得烤鹅怎么样？"一个没戴领带、衣服没有领子的男人问一个女人。

"浪费钱，"她说，"我们没那个运气，威廉。"

"拉倒吧，"他说，"有时候说不准的。"他买下一张奖券，领来一片香肠，塞到女人嘴里，然后满怀期待地看着轮盘。

"开始抽奖！"屠户的妻子尖声叫着。抽奖轮盘嗡嗡地响起来。法比安继续往前走。"骑马场兼舞厅"，一顶大帐篷上写着。入场费20芬尼。他走了进去。里面有两个圈子。一个在高处，像桩子一样

---

* 摩纳哥的一个城镇，以赌场闻名，俗称"赌城"。

立在帐篷里,上面有人在跳舞。中间坐着一个小型铜管乐队,正在演奏,乐手们一副彼此吵过架的架势。姑娘们靠在栏杆上,小伙子伸过手去,直截了当。另一个圈子是个骑马的沙场,里面有三匹被淘汰的驽马,正随着乐队的声音小跑着。一名头戴大礼帽的马术教练挥舞着鞭子,一遍遍地喊着"小步——跑!",防止这几匹马昏睡过去。一匹独眼的小白马上,坐着一个两腿跨鞍踩镫的女人,裙子滑到了膝盖的上方。她用了德国的快步跑,一落回到马鞍上就哈哈大笑。

法比安坐到骑马场旁边,喝着啤酒。女骑手每次经过他身边,都把裙子拉下来。但这个动作毫无意义,裙子一次次扬起来。第四次经过法比安的桌子时,她微微一笑,没拉裙子。第五次,白马站在桌前,瞎掉的那只眼睛呆望着啤酒瓶。"那里没糖。"女人一边说一边直视着法比安。马术教练啪地甩鞭,小白马又慢吞吞地挪了起来。

那女人一下马,就故作无意地坐到邻桌,法比安的斜前方,让他无法忽视自己身材上的优势。法比安的视线聚焦在对方玲珑的身段上,此时,他的痛楚从麻木状态中苏醒过来。科尔内利娅在哪儿?现在搂着她的怀抱让她反感吗?他坐在此处的这一刻,她在别人床上感受着快乐吗?他跳了起来。椅子倒了。邻桌的女人再次注视着他的脸，双眼变大，嘴巴弯曲并微张，舌尖沿上唇湿润地舔了一圈。

"您要一起吗？"他不情愿地问。她跟着走了，两人话不多说，去了"戏院"。那是一座粗劣的棚屋。"享有盛誉的莱茵河金嗓子献唱。允许抽烟。儿童无权获得夜场演出的座位。"场内半满。观众们戴着帽子，抽着烟，在黑暗中放任自己被无比愚蠢虚假、价值30芬尼的罗曼蒂克感动到流泪。相较于自身的困苦，他们更同情台上粗制滥造的戏法。

法比安搂着那个陌生的女人。她偎依着他，喘着粗气，好让他听到。他们看的是一出悲情戏。一名潇洒的大学生——这一角色由满头银发、年逾五十的剧场经理布拉斯曼亲自扮演——每天早晨都醉醺醺地回家。都怪该死的香槟酒。他唱大学生的歌曲，点酸鲱鱼，被门房的老婆痛骂，为了让一位患痛风病的年迈宫廷女歌手不用再唱歌，他把自己最后一个塔勒给了她。

但命运的车轮滚滚向前。年迈的宫廷女歌手不是旁人——还能是谁呢？——正是50岁的大学生的母亲！12年来，大学生一直没有见到母亲，但每月都能收到她的钱，以为她和以前一样，仍是宫廷歌剧演唱家。当然，他没有认出母亲来。但是母亲的目光比他敏锐，她立马就明白了：除了他，没旁人。

然而，戏剧情节的升级被推迟了。一桩风流韵事插了进来。大学生爱着一个人，也被这人所爱，爱他的人是马丁小姐，住在对门的漂亮裁缝。马丁小姐一边踩着缝纫机，一边像云雀般放歌。埃伦·马丁，那只唱歌的云雀，体重足足有100公斤。她蹦蹦跳跳地从背景中出来，连舞台都被压弯了。她和经理布拉斯曼，戏里的大学生，一起歌唱。大获成功的二重唱的开头是：

"宝贝，啊，我的宝贝，

"请成为我的唯一和我的全部！"

这对年轻的恋人，加起来得有100岁了，笨重地在布景意欲呈现的庭院中走来走去；他允诺娶她，她却伤心起来，因为他经常把年迈的女歌手赶出庭院。然后他们唱起了下一段。

观众鼓起掌来。法比安揽着的女人微微转身，把自己的胸脯给了他。"啊，多美啊。"她说。她指的大概是戏。观众席又恢复了庄严的宁静。年迈、驼背、痛风、让儿子学医并加入一个贵族社团的宫廷女歌手，颤颤巍巍地从幕后走出来，艰难地走到院子里，举起食指；钢琴师心领神会，一首哀怨的母亲之歌正在酝酿。

"我们走吧。"法比安说着松开了陌生女人的胸罩。

"这么快?"她虽然诧异,但还是跟他走了。

"我住这里。"她在米勒大街的一幢大楼前宣布。她开了锁。他说:"我一起上去。"

她拒绝,但听起来并没什么说服力。他把她推进门厅。"房东夫妇会说什么呢?不行,您抓紧。但是要小声点,行吗?"门上写着:"黑策"。

"你的房间里为什么有两张床?"他问。

"嘘,别人会听到的,"她耳语道,"房东夫妇没地方放。"

他脱了衣服。"别拐弯抹角了。"他说。

她显然觉得撒娇必不可少,扭捏作态像个老姑娘。最后他们并排躺下。她关了灯,这才脱光衣服。"稍等,"她低声说,"你别生气。"她打开一只手电筒,把一块布盖在他的脸上,像个医疗保险机构的医生一样,就着手电筒的光,给他做起了检查。"请您原谅,这年头怎么小心都不过分。"她接着解释道。现在没有什么障碍了。

"我是一家鞋店的售货员。"她过了一会儿告诉他。"你愿意留到明早吗?"又过了半个小时,她问。他点点头。她消失在厨房里,他听到她在洗漱。她端来了温热的肥皂水,仔细地给他擦洗,带着家庭主妇的干劲,擦完又爬上了床。

"你在厨房里烧水,你的房东不会介意吗?"

他问,"开灯吧!"

她讲了一些无关紧要的事情,问他住在哪里,称他"宝贝"。他打量着房间的摆设。除了两张床,还有一张激情地弯成一个大弧的丝绒沙发,一个大理石板的盥洗台,一张丑陋的彩色印刷品,上面画着一个年轻丰满的女人,身穿睡衣,蹲在一张白熊皮上,在和一个粉嫩的婴儿玩耍;还有一个衣柜,柜门上嵌着一面不清晰的镜子。"科尔内利娅在哪儿?"他一边想着,一边又扑到赤身裸体、惊慌失措的售货员身上。

"有人都怕你了,"过后她低语着,"你想弄死我吗?但是太美妙了。"她跪在他的身旁,瞪大眼睛看着他冷漠的脸庞,吻了吻他。

她沉沉睡去,他却醒着,孤独地躺在陌生的房间中,聚精会神地注视着黑暗,想着:"科尔内利娅,我们都做了什么呀?"

第十七章

"我撒谎了,"女人次日早上说,"我根本不上班,而且这套公寓是我的,这里就我们两个。来厨房吧。"

她倒上咖啡,抹好面包,温柔地拍拍他的脸颊,解下围裙,和他一起坐在餐桌前。"好吃吗?"她兴致勃勃地问,尽管他还没吃,"你脸色苍白,宝贝。但是不奇怪。多吃点,你就会重新变得又高大又强壮。"她把头靠在他的肩上,像少女一样噘着嘴。

"你昨晚是怕我偷你的沙发还是怕我割你的肚皮?"法比安问,"你卧室里怎么会有两张床?"

"我结婚了,"她说,"我丈夫为一家针织品公司跑销售。眼下他在莱茵地区,接下来去符腾堡,至少还要在外面待十天。你愿意待到那时候吗?"

他喝着咖啡,没有作答。

"我需要一个伴儿。"她激动地解释,仿佛有人反驳了她。

"他从来不在家,就算在家,也没用。这十天留在我家吧。你怎么舒服怎么来。我很会做饭,也有钱。你今天中午想吃什么?"她料理起家务来,并且不安地朝他张望。

"你喜欢吃嫩牛肝配烤土豆吗?为什么你不回答?"

"你们家有电话吗?"他问。

"没有,"她说,"你想走了?留下吧。昨晚多美妙啊。从来没有那么美妙过。"她擦干双手,摸了摸他的头发。

"我留下来,"他说,"但我得打个电话。"

她说,可以去瑞什的肉铺打电话;问他能不能捎半磅新鲜的嫩牛肝上来,不要筋。她把钱给了他,小心翼翼地打开前厅的门,看见楼梯上没人,才让他出去。

"半磅新鲜的嫩牛肝,但不要筋。"他来到肉铺说。店员为他切割的时候,他给扎哈里亚斯打了个电话。电话油腻腻的。

"没有,"扎哈里亚斯宣布,"我一点主意都没有。但我没放弃希望,那会惹人嘲笑,亲爱的。我建议,您明天再来一趟。事情的发展瞬息万变。大不了我们闲聊一会儿。您觉得怎么样?再见。"

法比安接过嫩牛肝。纸包渗出血来。他付了钱,拿着这包肉小心翼翼地进了楼。女邻居在擦门把手，所以他一直上到四楼，几分钟后才下来。他连门铃都没按，与他共度过一夜的女人就打开门，把他拉进了屋。"谢天谢地，"她低声说，"我都以为，那个长舌妇会抓我们个现行。到客厅坐着吧，宝贝。你想看报纸吗？我这段时间打扫一下。"

他把找回的钱放到桌上，在客厅坐下，读起报纸来。他听到那女人在唱歌。过了一会儿，女人给他拿来香烟和樱桃白兰地，俯视着他。"1点吃饭，"她说，"希望你觉得舒服。"

说完她又离开了，在外面继续歌唱。他读着警方关于赖尼肯多夫大街暴动的报道。挨了一刀的警官死在了医院，三名示威者受了重伤，另外几个被逮捕。编辑写到，不负责任的人屡次煽动失业者，警察身负重任；报道还说，尽管不断有人试图削减安保警察的预算，但绝不能让他们得逞，类似于昨天的事件，表明防患于未然的思想和行动是多么必要。

法比安环顾这个小小的房间。所有的家具都极尽繁饰。博古架上立着三个莱茨*文件夹。桌上摆着一只彩色的玻璃盘，非常引人注目，盘上放着明信

---

* 1871年，路易斯·莱茨在斯图加特附近创立了办公用品公司，莱茨文件夹即出自该公司。

片。法比安拿起了最上面的一张，上面印的是科隆大教堂，他想起了那张香烟海报。"亲爱的穆齐，"上面写着，"你过得好吧？钱够用吗？我拿到了不少订单，明天去杜塞尔多夫。问候和亲吻，库尔特。"他把明信片放回盘子上，喝了一杯樱桃白兰地。

中午，为了不扫穆齐的兴，他吃光了盘里所有的食物。她很开心，如同看到狗舔干净了碗一样。然后他们喝起了咖啡。

"你一点自己的事情都不想告诉我吗，宝贝？"她问。

"不想。"他说完走进客厅，她也跟着走进去。他站到窗户旁。

"来沙发上吧，"她请求道，"这样我就能看着你。别生气。"

他坐到沙发上。她端来咖啡，坐到法比安身边，解开衬衣的扣子。"现在是饭后甜点，"她说，"但是别再咬人了。"

他是3点左右走的。

"你肯定会再回来吧？"她站在他的面前，把自己的裙子和长筒袜整理好，一脸哀求地注视着他，"你发誓，还会再回来。"

"我很可能会来，"他说，"我没法保证。"

"我做好晚饭等着你。"她表示，然后开了门。

"快!"她低声说,"没人偷看。"

他大步跳下楼梯。"没人偷看",他心里想着,对自己刚刚离开的房子涌起一阵厌恶。他乘车坐到大角星站后,穿过动物园,走到勃兰登堡门,然后又迷失在杜鹃花盛开的公园中。他无意中走到了胜利大道。霍亨索伦王朝和雕塑家贝加斯[*]似乎坚不可摧。

来到肖特哈姆尔咖啡馆前,法比安掉头往回走。还有什么可谈的呢?谈什么都晚了。他继续向前,来到波茨坦大街,犹豫不决地站在波茨坦广场上,沿贝尔维尤大街向上,再次来到咖啡馆前。这次他走了进去。科尔内利娅坐在那里,仿佛已经等待了很多年。她轻轻挥了挥手。

他坐了下来。她抓起他的手。"没想到你会来。"她羞怯地说。他没说话,也没正眼看她。"我做得不对,不是吗?"她轻声说着,垂下了头。眼泪一串串落进她的咖啡里。她把杯子推到一边,擦起眼泪。

他的视线离开桌子。两段楼梯通往楼上,是精雕细琢的巴洛克风格,墙上栖息着一群色彩斑斓的鹦鹉和蜂鸟。它们都由玻璃制成,蹲在玻璃材质的藤本植物和树枝上,等待着夜晚和夜晚的灯光,把

---

[*] Reinhold Begas(1831—1911),德国雕塑家,普鲁士造型艺术的主导者,柏林的很多著名雕塑都出自其手。

这片易碎的原始森林照亮。

"你为什么不看我？"科尔内利娅轻声说完，用手帕捂住了嘴。她的哭声听起来像一个绝望的孩子在远处啜泣。店里空了，客人们都坐在屋外的大红伞下，只有一个服务员站在附近。法比安看着她的脸，她的眼睛激动地颤抖着。"你倒是说句话啊。"她用沙哑的嗓音说。

他嘴巴很干，喉咙发紧。他使劲咽了一下唾沫。

"说句话吧。"她很小声地重复着，两手交叉，放在镍质餐具之间的手帕上。他沉默地坐着。

"我究竟会变成什么样？"她轻声说，仿佛他已经走了，她在自言自语一样，"我究竟会变成什么样？"

"一个锦衣玉食的不幸女人，"他用过于响亮的声音说道，"你觉得奇怪吗？你不就是因此才来柏林的吗？这里人人都在交换。想拥有，就必须付出，不管付出什么。"

他等待了片刻，但她一直没有作声。她从包里取出粉盒，却没有打开。他又能克制住自己了。他容易疲惫的情绪平复下来，让位于拨乱反正的冲动。他回望发生过的事情，就像看着一个满目疮痍的房间，开始冷酷无情、吹毛求疵地清理起来。"你抱着企图来柏林，没想到这么快就如愿以偿。你找到了一个有影响力的人资助你。他不光资助你,还给了你一个工作的机会。我毫不怀疑你会成功。这样他就能一定程度上把投资到你身上的钱赚回来;你自己也会赚到钱,有朝一日对他说:'先生,我们的账目清了。'"法比安很吃惊。他被自己吓了一跳,心想:"我就差把标点也说出来了。"

科尔内利娅打量着他,仿佛不认识他。然后她打开粉盒,对着小圆镜,用白色的粉刷刷过她哭肿了的、孩子般惊愕的脸庞。她点点头,示意他继续说下去。

"然后会怎么样,"他说,"当你不再需要马卡特的时候,那时候会怎么样,没法预测,也不在讨论之列。你会工作,然后就剩不了多少女人样了。你会越来越成功,野心越来越大;爬得越高,堕落的危险就越大。他不会是摆布你的唯一一个男人。会不断地有挡住女人去路的男人出现,要想越过他,女人就必须和他睡觉。你会习惯的,昨天你已经开了先例。"

"我都哭了,他还在打击我。"她困惑地想。

"但我不想讨论未来,"他说着做了一个终结的手势,仿佛在勒死这个想法,"要谈论的是往事。昨天你走的时候没有问我,现在为什么对我的回答感兴趣了?你以为我烦你了;你以为我想摆脱你;你以为我渴望有个情人,躺在别人的床上赚着我赚不到的钱。如果你这些想法是对的,那我就是个流氓。如果我不是个流氓,那你所做的一切就都是错的。"

"一切都是错的,"她说完站起身来,"保重,法比安。"

他跟在她的身后,对自己非常不满。他伤害了她,因为他有权利这样做,但这是理由吗?他在蒂尔加滕大街追上了她。他们一言不发地走着,为自己难过,也为对方难过。他还在想:"如果她现在问,我能回到你的身边吗,我该怎么回答?我口袋里还有56马克。"

"昨天太可怕了,"她冷不丁地说,"他真是令人作呕!要是你不喜欢我了,该怎么办呢?现在我们不需要再烦恼了,但烦恼却比从前更大了。要是知道你不想再看到我了,我该怎么办?"

他抓住她的胳膊。"最重要的是,让自己振作起来。这个配方很老,但是管用。既然已经做出了牺牲,那就留神,至少别白付了这个代价。请原谅,刚才我那样伤害你。"

"对,对。"她仍然难过,但是很快又开心起来,"我明天下午可以去找你吗?"

"好。"他说。

她立即在马路中央抱住他,吻他,耳语道:"谢谢你。"然后哭着跑了。

他站着没动。一名行人喊："这下您可高兴了！"法比安用手擦了擦嘴，感到一阵恶心。科尔内利娅的嘴唇在这段时间都触碰过什么呢？刷过牙就有用吗？他的厌恶可以用卫生来克服吗？

他穿过马路，进了公园。道德是最好的身体护理，仅用双氧水来漱口并不够。

直到这时他才想起，自己昨夜去了哪里。

他不想再回米勒大街。但是一想到自己的房间，想到寡妇霍尔菲尔德的好奇心，想到科尔内利娅的空房间，想到今晚科尔内利娅又要背叛他，而他要独自面临所有的寂寞，他就禁不住走过一条条街道，向北而去，走到米勒大街，进入那栋房子，来到那个他不想再见到的女人面前。女人容光焕发，因他的返回而骄傲，为自己能再次拥有他而高兴。"这就对了，"她表示欢迎，"来吧，饿了吧。"她已经在客厅里摆好了餐具。"我们平时在厨房吃饭，"她说，"但是留着三居室干什么呢？"晚餐有香肠、火腿和卡门贝[*]干酪。突然，她把刀叉放到一边，念叨着"赫库斯坡库斯！"的咒语，掏出一瓶摩泽尔葡萄酒来。

---

[*] 位于法国诺曼底地区。

她斟上酒和他碰杯。"致我们的孩子！"她高喊，"他得像你这样；如果不是个男孩，就罚你多操练！"她一饮而尽，又倒了一杯，双眼闪闪发光。"遇到你真幸运，"她说完又喝了一些，"葡萄酒容易让我兴奋。"她搂住他的脖子。

这时，外面响起了钥匙的格格声。有人沿着走廊过来。房门开了，一个中等个头的敦实男人走了进来。女人跳了起来。男人的脸——阴沉起来。"祝各位用餐愉快。"他说着走向女人。

女人向后退去，没等他追上来，就用力打开卧室的门，跑了进去，猛地关上并上了门闩。

男人喊："你等着屁股开花吧！"他转向尴尬起身的法比安，说："您坐着吧。我是她丈夫。"他们面对面坐了一会儿，没有说话。男人拿起那瓶摩泽尔，仔细地看了看标签，给自己倒了满满一杯，喝完说道："火车上这段时间挤得吓人。"

法比安点头称是。

"但这酒很好。您爱喝吗？"男人问。

"我不怎么喜欢白葡萄酒。"法比安说道，并站了起来。

对方也站了起来。"您这就想走？"他问。

"我不想再打扰了。"法比安回答。

那名旅行推销员猛地跳起来掐住他的脖子。法比安朝他的牙来了一拳。男人松开手坐下,捂着脸。

"非常抱歉。"法比安难过地说。男人示意他离开,往手帕里吐了口血水,就只顾自己忙活了。

法比安离开了这栋公寓。如今该去哪儿呢?他坐车回家。

第十八章

尽管法比安开门的声音很轻,还是被霍尔菲尔德太太听到了。她来到走廊迎接他。因为是晚上,她穿着一件睡袍,格外兴奋。"我开着自己的房门,好听到您的声音,"她说,"刑警来过,想把您带走。"

"刑警?"他惊讶地问,"他们什么时候来的?"

"三个小时前,一个小时前又来过一次。让您立马过去。我当然要讲,您昨晚没在家,而且巴腾贝格小姐昨天一声招呼也没打,就腾空房间消失了。"寡妇太太想着凑近些,却后退了一步。"真可怕,"她激动地低声说,"您做了什么呀?"

"亲爱的霍尔菲尔德太太,"他答道,"您都胡思乱想些什么呀。您是巴不得观看一场闹出人命的小型爱情戏吧?霍尔菲尔德太太身穿丧服出庭作证,两名房客的照片登在了所有报纸上,凶手法比安坐在被告席。别瞎想了！"

"好了，"她说，"跟我一点关系都没有。"法比安的执拗深深伤害了她。这个人在她这儿住了两年，她不是把他当成自己的儿子一样关心照料吗？如今他却连句心里话都不愿吐露。

"让我去哪儿？"他问。

她递给他一张纸条。

他看了看地址。

"果不其然，"她得意扬扬地说，"不然您的脸色为什么变得这样苍白？"

他用力打开门冲下楼，在纽伦堡广场拦了辆车，说了地址，并加了句："您能开多快就开多快！"那车又老又破，行驶在柏油路上都会颠簸。法比安拉开车窗，大喊道："您倒是开快点啊！"他想抽根烟，但是他的手在抖，火柴一擦着就被风吹灭了。他向后靠去，闭上双眼，又不时地睁眼来看到了哪里。动物园，动物园，动物园。勃兰登堡门。菩提树下。每个路口都得停车，每次都赶上红灯。他觉得他们仿佛在驶过黏稠的胶水。过了弗里德里希大街，情况好转。大学，国家歌剧院，大教堂和宫殿终于被抛在了身后。车右转，停下。法比安付了车费，匆忙跑进楼里。

一个陌生的男人开了门，法比安报了自己的名字。"终于来了,"陌生人说,"我是刑事警官多纳特。没有您,我们无法推进。"

第一个房间里坐着五名年轻女士,旁边站着一位警察。法比安认出了塞洛和雕塑家。"终于来了。"塞洛说。房间里一片狼藉,地上倒着几个玻璃杯和酒瓶。

他们来到隔壁的房间,一个年轻人从书桌旁站了起来。"我的助理。"警官介绍说。法比安转头一看,大为震惊。沙发上躺着拉布德,脸色像石灰一样白,眼睛闭着,太阳穴上有个洞,流出的血凝结在头发上。

"斯特凡。"法比安轻声说着,坐到尸体旁边。他握住朋友冰冷的双手,摇着头。

"但是斯特凡,"他说,"不能这么做啊。"

两位警察走到窗前。

"拉布德博士给您留了一封信,"那位警官告诉他,"请您读一下,把我们关心的内容告诉我们。和您一样,我们推测这是一起自杀事件;被我们暂时扣留在这栋公寓的五名年轻女士也声称,枪声响起时,她们正在隔壁房间。但是事件似乎并不完全清晰。您大概注意到了,隔壁房间凌乱不堪。这是怎么回事呢?"

警官助理递给法比安一个信封。"能劳烦您读一下这封信吗?女士们声称,房间混乱因个人争执而导致。拉布德博士与此完全无关，他甚至不在场；他说想写封信，就到了这个房间。"

"从种种迹象可以推测，几位女士之间有着相当不同寻常的关系。我猜测，她们争风吃醋闹了起来，"警官解释说，"她们没有逃跑，而是立即报了警，还在这里等着我们，也说明她们不是共犯。您可以读一下这封信吗？"

法比安打开信封，取出折叠的信纸。一沓钞票随之掉到地上。助理捡了起来，放到沙发上。

"我们去隔壁等着。"警官周到地说。他们留法比安一个人待着。法比安站了起来，打开灯。然后他又坐下，看向死去的朋友。他蜡黄憔悴的脸庞被灯光直射着，嘴巴微张，下颌骨塌了下来。法比安展信读了起来：

"亲爱的雅各布！

"我今天中午去了研究所，想再打听一下情况，枢密顾问又不在。但是他的助手韦克尔林在，他对我说，我的大学授课资格论文遭到了否决；枢密顾问认为我的论文根本不合格，宣称把它提交到系里是种烦扰；还说没必要让我在众人面前出丑。这篇论文花了我五年的时间，五年的工夫只换来了这么一件丢脸的东西，别人出于怜悯要把它埋葬在最狭窄的圈子里。

"我原想给你打电话,但我觉得羞愧。我没有接受安慰的天赋,连这点才能我都没有。前几天我们关于莱达的谈话让我坚信这一点。如果给你打电话,你会向我解释我的学术不幸的微观意义,我会假装承认你说得对,我们会彼此欺骗。

"论文被否决,在事实和心理上对我都是种毁灭,尤其是心理上。莱达不接受我,大学拒我于门外,各个方面都给我打了不及格。我的虚荣心受不了,我脑子乱了,心碎了,雅各布。历史上多少重要人物既是差生又遭遇爱情不幸的统计数字帮不了我。

"法兰克福的政治之旅也令人作呕,最后以我们扭打在一起而收场。我昨天回来的时候,塞洛和雕塑家正躺在我的床上,另外几个女人从旁助阵。眼下,我在写信,她们在隔壁房间扔着玻璃杯和花瓶。考察一下自己目前的状况,可以说:哪里我都格格不入!我适合的领域把我赶了出来;愿意接纳我的地方,我不想加入。不要生我的气,我的好朋友,我要走了。离了我,欧洲照样或生存或毁灭,它不需要我。经济上的肮脏交易只能加速或延缓我们时代的崩溃,此外什么都改变不了。我们处在一个罕见的历史转折点上,必须构建一种新的世界观,其他一切都于事无补。我再也没有勇气受政客们嘲笑,他们那些手段只会把欧洲大陆往死里医治。我知道自己是对的，但这一点今天已经不能满足我了。我变成了一个可笑的家伙，一个在爱情和事业两个领域都一败涂地的人。让我杀了他吧。不久前我从麦克舍博物馆旁那名共产党人手里夺下的左轮手枪，要获得新的荣誉。我把它拿来，是不想引发不幸。我本该当个老师，只有孩子们有资格谈理想。

"那么，雅各布，别了。我差点一本正经地写道：'我会经常想你。'但我没法再想你了。我让咱们两个失望了，你不要因此而介怀。你是唯一一个我尽管了解但仍然爱着的人。代我问候我的父母，尤其要代我问候你的母亲。万一遇到莱达，不要告诉她她的背叛对我造成了多重的伤害。就让她觉得我只是委屈吧。用不着每个人都知道得一清二楚。

"请帮我善后，不过也没什么要处理的。2号公寓交给我父母解决，家具由他们随意处置。我的书归你。此前我在书桌里发现了2000马克，你拿走吧，不多，但足够你去做一次小小的旅行。

"保重，我的朋友，要活得比我好。别了。你的斯特凡。"

法比安轻轻抚摸着逝者的额头。拉布德的下颌塌得更厉害了，嘴张得很大。"人活着，是偶然；人死去，是必然。"法比安低语着，微笑地看着朋友，仿佛仍想安慰他。

警官轻轻打开房门。"很抱歉这么快就来打扰您。"法比安把信递给他。警官看完信，说："那我可以让姑娘们回家了。"他把信还给法比安，去了隔壁房间。"事情解决了，我不想再耽误你们的时间了。"他大声说。

"再等会儿，"一个女人说道，"我喜欢尸体。"五名女士你推我挤地穿门而入，静静地站在沙发前。

"得把他的下巴托上去。"一个法比安不认识的女孩说。雕塑家跑进另一个房间，拿回一张纸巾，托起拉布德的下巴，并把纸巾的两端在他头顶打了个结，这样嘴就闭上了。

"牙痛的死人。"塞洛评论道，并恶毒地笑了。

露特·赖特尔说："真是岂有此理。威廉米那头猪猡，医生都不抱任何希望了，却在我的工作室里，一天比一天健康。这个强壮的年轻人却自寻短见。"

警官助理推着女士们出了房间。警官坐到书桌旁，起草警方报告。助理回到房间，问："我们是不是最好叫辆车，把死者送到他父母的别墅？"说完他弯下腰，把掉下沙发、落到地上的钞票捡了起来，塞到法比安的口袋里。

"究竟通知了父母没有？"法比安问。

"可惜联系不上他们，"助理回答，"司法顾问拉布德正在做短期旅行，家政人员不清楚具体情况。他母亲在卢加诺，给她发电报了。"

"那好，"法比安说，"我们带他回家！"

助理给最近的消防站打了个电话，然后三个人就沉默地等着。车来了，卫生员把拉布德放到担架上，抬下了楼。楼前站着看热闹的邻居们。担架被抬上车，法比安坐到直挺挺躺着的朋友身边，同两位警察握手道别。一名卫生员收起梯子，关上车门。法比安和拉布德最后一次一起乘车穿过柏林。

车窗开着。窗框里先是出现了大教堂，然后景象变了，法比安看到了申克尔*设计的新岗哨、大学、国家图书馆。上次他们同坐公交车经过这里，那是多久之前的事情啊？

那天晚上，他们在麦克舍博物馆旁，夺下了两名好勇斗狠之徒的手枪。如今拉布德躺在担架上，驶过勃兰登堡门，却已人事不知。他被两条紧绷的皮带绑着，脑袋慢慢滑到了一边。"你在思考吗？"法比安轻声问道，并把拉布德的头挪到枕头上放正，用手挡住。牙痛的死人，塞洛曾说。

---

* Karl Friedrich Schinkel（1781—1841），普鲁士建筑师、城市规划师，新岗哨是其成熟时期的作品。

救护车在格吕内瓦尔德别墅前停下,全体用人都等候在门口。女管家抽泣着,男仆庄重地在前头领路,卫生员跟在他身后,女仆们脚步沉重地紧随其后。他们把拉布德抬进他的房间,放到沙发上。男仆把窗户开到最大。"殓尸女工明早来。"女管家说完,女仆们也抽泣起来。法比安给卫生员们付了钱,他们敬了个军礼离开了。

"司法顾问先生还没回来,"男仆说,"不知道他身在何处,但他肯定会从报上读到。"

"已经登报了?"法比安问。

"是的,"男仆回答,"已经通知太太了。如果她的状况允许,大概明天中午就能抵达柏林。长途特快列车此时已到达贝林佐纳*。"

"你们去休息吧,"法比安说,"我在这里守夜。"他把一张椅子拉到沙发旁。其他人离开了,房间里只剩他一个。

拉布德的母亲现在到贝林佐纳了吗?法比安坐到朋友身边,心想:"对一个糟糕的母亲来说,这是个多么大的惩罚啊!"

---

* 瑞士的一座城市。

第十九章

拉布德的脸看似被纸巾绑到了一起,但慢慢变了样,肉仿佛变得黏稠,逐渐渗入了身体内部,导致下颌前突,双眼深陷进黑漆漆的眼窝中,鼻翼塌陷,像是皱着。

法比安俯身向前,心想:"为什么你变了样?你想让我轻松与你告别吗?真希望你可以讲话,因为我有很多问题要问,我亲爱的朋友。你现在好吗?现在,在你死后,你对自己的死去感到满意吗?还是你对自己的所为感到后悔了?木已成舟,你是否想要挽回?我曾想象,面对我所爱之人的遗体,我永远不会理解他已死去。那时候我想,一个人明明就躺在自己的眼前,身上的领带、衣领和西装与不久前一模一样,怎么就能接受这个人已经不在了?只因为一个人忘记了呼吸,怎么就能把他当成一块肉，三天后毫不在意地掩埋掉呢？如果这种事情发生，人们不是会高喊'救命，他窒息了！'吗？我必须告诉你，斯特凡，我以前总害怕我会怀疑死亡和死亡的有效距离，但我现在已经理解不了自己的这种恐惧了。你死了，我亲爱的朋友，你躺在那里，像张对焦不佳、快速褪色的相片。他们会把你这张相片扔进一个叫作焚化炉的炉子里，把你烧成灰，没有人会喊救命，连我也会保持沉默。"

法比安走到书桌旁，从常年摆放在那里的黄色木盒中取出一支烟来。墙上挂着一幅铜版画，是莱辛的肖像。"都是您害的。"法比安指着拉布德，对那个扎辫子的男人说。但戈特霍尔德·埃夫莱姆·莱辛对自己死后150年所遭受的这一指责视而不见、充耳不闻。他严肃并且个性十足地直视前方，宽大土气的脸庞上没有一丝表情。"算了。"法比安说着，转身背对着肖像，又坐到了朋友身边。

"你看到了吗？"他对拉布德说，"那是条汉子，"他用拇指指指身后，"他咬紧牙关，以笔为战，仿佛鹅毛笔便是佩剑。他为战斗而生，你不是。他根本不是为自己而活，他的存在不为个人，他根本不想为自己索要任何东西。而当他考虑到了自己，向命运索要妻儿，这时他的一切便倾塌了，把他埋葬。这很正常，愿意为别人而存在，那就要远离自我。

他必须像个医生，候诊室里白天黑夜都坐满了人，有个人必须坐在其中，永远也轮不到，永远也不抱怨：那就是他本人。你能这样生活吗？"

法比安摸着朋友的膝盖，摇了摇头。"我祝你幸福，因为你死了。你是个好人，是个正直的人，你是我的朋友，但你不是自己最想成为的那种人。你活在自己的想象中，当这一想象被摧毁，就只剩一把手枪和躺在沙发上的这具躯体。你瞧着吧，很快就要爆发一场大战，先是抢夺面包上的黄油，继而抢夺丝绒沙发；一些人想保住它们，另一些人想夺取它们，两派人会像泰坦巨人一样互扇耳光，最终他们将把沙发砍碎，让谁也得不到。双方的指挥者中都会有人鼓吹造势，编造一些豪言壮语，并用自己的嘶吼蛊惑人心。其中甚至说不定有两三个真正的男人。如果他们连续两次说真话，就会被绞死；如果他们连续两次说谎，也会被绞死。你不会被绞死，你只会被人笑死。你不是改革家，也不是革命家。你别为此气恼。"

拉布德躺着，仿佛在倾听，但只是貌似如此。话音逐渐消失，法比安累了。"为什么你不能安于生活中美好的一面？"他想，"那样一来，在莱辛身上倒的霉就不会让你痛不欲生；那样的话，说不定你现在正坐在巴黎，而不是躺在这里；也许你此时登上了圣心大教堂，睁大眼睛，俯视着晚霞中热气腾腾的林荫大道。或者我们两人漫步柏林。树木新刷过白漆，蔚蓝的天空镀了一层金，姑娘们秀色可餐，如果哪个到电影厂厂长家过夜，那就再找个更好的。还有热爱生活的老发明家！我都没向你讲过，他站在我衣柜里的样子：戴着帽子，手里拿着伞，仿佛害怕衣柜里会下雨。"

法比安被惊醒的时候，应该没睡多久。他听到马路上有声响，便来到窗前。一辆汽车停在门口，男仆走了过去，打开车门。司法顾问下了车，向男仆举了举手里的报纸。男仆点点头，抬手指了指法比安正倚着的窗户。一个女人想下车，司法顾问把她推回到车座位上。汽车发动了，女人脸贴着车窗，被车拉走了。司法顾问向别墅走来，男仆紧跟其后，关切地举着一只胳膊，以便在需要时扶司法顾问一把。

法比安来到外面的走廊上。因为他不想目睹父亲看到儿子躺在那里的那一幕。司法顾问走上楼来，紧紧抓着楼梯扶手，老男仆在他身后伸出双手做保护状，但拉布德的父亲没有晕倒。他看都没看法比安，径直走进亮着灯的房间。男仆关上门，伸着脖子听候吩咐。但房间里静悄悄的。法比安和男仆站在门前，各居一处，谁也不看谁，都紧张地倾听着。他们整装以待，只等着一声悲叹或者哀号，便进去抚慰。但他们什么也没听见,猜不透门后是何种场景。

铃声响起,男仆进了房间,很快又回到走廊:"司法顾问先生想和您谈谈。"法比安走了进去。老拉布德坐在书桌旁,一只手撑着头。过了一会儿,他抬起头,站了起来,不自然地微笑着和儿子的朋友打招呼。"我和悲伤的经历无缘,"他压抑地说,"我自私自利,就算有一丁点同情心,也由于我所做的诸多辩护,以及程序性的例行公事,逐渐变得虚假,其中并没有多少真正的感同身受。"他转过身去,端详着自己的儿子,好似要向死者道歉。"责备自己没有意义,"他继续说道,"我不是一个为儿子而活的父亲。我是个追求享乐的老头,我爱生活,我的生活绝不会因为这件事而失去意义。"他伸出胳膊指向遗体,"他知道自己在做什么。如果他觉得这样最明智,那么别人也不需要哭泣。"

"恰恰因为您的话如此冷静,反而让人觉得您在自责,"法比安说,"用不着自责,斯特凡自杀的缘由显然不在我们。"

"您知道哪些相关情况?他留下遗书了吗?"司法顾问询问道。

法比安没提那封信。"一则简短的说明提供了信息。枢密顾问拒绝了斯特凡的大学授课资格论文,认为它不合格。"

"我没有读过,一直没时间。这么差吗?"对方问。

"是我所知道的最好、最具独创性的文学史论文之一,"法比安回答,"就这篇。"他从书架上取出原稿的一个复印本,放到了书桌上。

司法顾问翻了翻,按铃让人拿来电话簿,查找一个号码。"虽然很晚了,"他说着来到电话旁,"但没办法。"电话接通了。"我能和枢密顾问通话吗?"他问,"那就请太太来听电话。对,就算她睡了也请她过来。我是司法顾问拉布德。"他等了一会儿。"很抱歉打扰您,"他说,"听说您丈夫出门了。去了魏玛?这样啊,参加莎士比亚协会的会议。他什么时候回来?我打算明天冒昧地到研究所拜访他。您是否知道,他有没有读过我儿子的大学授课资格论文?"他听了很长一段时间,道别后把听筒放到叉簧上,转身朝向法比安,说道:"真是莫名其妙。枢密顾问最近在餐桌上说过,关于莱辛的论文特别有意思,他很期待论文的结论,也就是结尾。他们显然还不知道斯特凡死了。"

法比安激动地跳了起来。"他称赞了论文?会有人否决自己称赞过的论文吗?"

"不管怎样,给自己不以为然的论文开绿灯更常见,"司法顾问回答,"现在能让我一个人待着吗?

我想陪陪我的儿子，读读他的论文。他花了五年的工夫，不是吗？"法比安点点头，和他握手告别。"那里挂着死因。"老拉布德说着，指了指莱辛的肖像。他从墙上取下肖像，看了看，然后不动声色地砸到书桌上。他按下铃，男仆走了进来。"把这堆破烂清理走，拿创口贴来。"司法顾问下令。他右手流血了。

法比安又看了一眼死去的朋友，走了出去，留下父子二人独处。

他累得睡不着，累得没法为今天的事情悲伤。米勒大街那个捂着腮帮子的针织品旅行推销员，他是姓黑策吧？他的妻子欲求不满地躺在床上；科尔内利娅陪马卡特过了两夜，这些经历如同一帧帧活生生的图像，远远地浮现在法比安的脑海中。拉布德的遗体躺在外面某座别墅的沙发上，此刻也只是一个萦绕着他的想法而已。痛苦如同一根火柴，燃尽熄灭。他记得自己儿时有过类似的感受：当时他愁肠百结，哭了很久，承载痛苦的那个容器都哭空了，感觉消失了。如同后来，他每次心绞痛之后，手指里的生命都会消失。充盈于他的悲伤是麻木的，痛苦是冰冷的。

法比安沿国王大道走着。他经过拉特瑙[*]橡树，树上挂着两只花环。一个聪明的男人在这条街道的拐弯处被谋杀。"拉特瑙必须死，"一名纳粹作家曾对他说，"他必须死，罪魁祸首是他的傲慢。身为犹太人，还想成为德国的外长。您想象一下，让殖民地的黑人坐镇法国外交部，也不行吧。"

政治和爱情、雄心和友情、生和死，没有什么能触动他。他踽踽独行在夜间的大道上。月神公园的上空升腾起烟花，五彩缤纷的烟火绽放开来，复往地上落去，但是中途一束束四散开来，痕迹全无地消失不见，继而又有新的烟花噼里啪啦地冲向天空。公园的入口挂着一块牌子："连续舞蹈的世界冠军费尔南多，决心打破自己的纪录，连跳 200 小时。不强制消费酒水。"

法比安来到海恩湖下穿铁路附近的一家啤酒馆坐下。周围人的谈话在他听来毫无意义。一艘通体明亮的小齐柏林飞艇，亮着"王牌巧克力"几个发光大字，在人们头顶向着市区飞去；一辆火车从桥底驶过，车窗内灯火通明；公共汽车和有轨电车排成长列驶过马路。邻座的一个男人，脖子出溜到了

---

[*] Walther Rathenau（1867—1922），德国犹太实业家，曾任魏玛共和国外长、德国通用电气总公司经理兼董事，1922 年 6 月 24 日被右翼民族主义分子暗杀。

领子上，不停地讲着笑话，和他坐在一起的几个女人大呼小叫，犹如裙子底下钻进了老鼠。

"这一切都是怎么回事呢？"他心里想着，立即结账回了家。

桌子上放着几封信。求职信被悉数退回，到处都没有职位空缺，他们全表示遗憾，并在信末顺致崇高的敬意。法比安去洗漱。过了一会儿，他猛地发现自己一动不动，手巾盖在湿漉漉的脸上。他坐在沙发上，顺着手巾底下的边缘，直愣愣地盯着地毯。他擦干脸，扔掉手巾，躺下去睡了。灯亮了一整夜。

第二十章

次日清晨醒来,看到灯亮着,法比安一时没有想起前一天发生的事情,只觉得抑郁悲伤,却不知道为什么。他闭上眼睛,直到此时,他的悲伤才极其缓慢地清晰起来,已经发生的事情突然进入了他的脑海,仿佛被人从外面透过窗子扔了进来。他记起了自己因疲惫而忘掉的事情,众多回忆从意识出发,往深处坠落,并在坠落中增长与转变,仿佛越来越重,随即如落石般在他的心上翻滚。他转身向墙,捂住耳朵。

霍尔菲尔德太太端了早餐进来,尽管灯亮着,尽管他躺在沙发上而不是床上,但她没有大呼小叫。她把托盘放到桌上,关了灯,按照病房的普遍程序完成了全部动作。"我向您表示最深的哀悼,"她说,"我刚刚从报纸上读到。对您来说是个沉重的打击,还有可怜的父母亲。"声音语调都是好意,真真切切的同情。真让人受不了。

他克制着自己,嘟哝了一句"谢谢",躺着没动。等她离开房间,他站了起来,迅速套上衣服。他必须和枢密顾问谈谈。从昨晚开始,就有一种怀疑折磨着他;他求助无门,于是这个怀疑变得越来越折磨人。他必须去趟大学。他走出大门时,一辆大型私人轿车开了过来,并停下。

"法比安!"有人喊。是科尔内利娅,她坐在汽车里,朝他挥手示意。他走了过去,科尔内利娅下了车。

"我可怜的法比安,"她摸着他的手说,"我等不到下午了,向他借了汽车就过来了,我打扰到你了吗?"然后她压低声音,"司机看着呢。"她抬高声音说,"你想去哪儿?"

"去大学。他因为自己的论文被否决而自杀,我必须和枢密顾问谈谈。"

"我送你过去。可以吗?"她问。"请送我们去大学。"她对司机说。他们上了车,向市区驶去。

"你昨天晚上怎么样?"法比安问。

"别说这个,"她乞求道,"我先前就老是觉得,你要遭遇不幸。马卡特向我讲述让我扮演的角色,我几乎听不进去,我的预感折磨着我,仿佛暴风雨即将来临。"

"什么样的角色?"他没问科尔内利娅有什么预感。他憎恶把未来像被子一样掀起一角来窥探的恶习,更憎恶事后诸葛亮般吹嘘自己未卜先知的得意。这样对待命运,也太过亲昵了吧!他的厌恶与可否做出预感无关。与仍然未知的东西拉关系,在他看来是种僭越。尽管他通常很消极,但他不会逆来顺受。

"一个很奇怪的角色,"她说,"你想象一下,我要在电影里扮演一个男人的妻子,这个男人要求我不断地改变,从而满足他古怪的想象。他是个病态的人,让我一会儿扮演一个不谙世事的小姑娘,一会儿又扮演一个老奸巨猾的女人,先是一个鄙俗的妇人,不久又成了一个无脑优雅的阔太。最后,我发现——晚于他和观众——我完全不是自己想象中的那种女人。两个人,他和我,都吃了一惊,因为我会势不可挡地改变下去,最终违背他的意志,由此变回我本来的面目:一个本质上庸俗专横的人。在他发号施令而引发的矛盾中,他悲惨地落了下风。"

"是马卡特的主意吗?你小心点,科尔内利娅,这个人很危险。表面上他只是让你表演这种转变,但暗地里他会与自己打赌,看你是不是真的会这样。"

"那也不要紧,法比安。这种男人喜欢别人出其不意。这部电影将成为个人的终身课程。"

他在各个口袋里翻找着,找到了那沓纸币,数出1000马克,递给科尔内利娅。"给,拉布德留给我的,你拿一半,这样我才安心。"

"要是我们三天前有2000马克该多好。"她说。

法比安注视着不停地望向后视镜、监视着他们的司机。"你的家庭女教师要把我们开到树上了。听什么听,看前面!"他喊道,司机这才暂时把目光从他们身上挪开。

"今天下午我一个人过来,不让他跟着。"她说。

"我不知道在不在家。"他回答。

她羞怯地匆匆在他身上靠了靠。"无论如何我都会来,说不定你会需要我。"

他在大学前下了车。她跟着自己的看守走了。

研究所的勤杂工给他开了门,告诉他枢密顾问不在,但是估计随时可能从旅行中返回。法比安问他的助手在不在,对方回答说在。

接待室里坐着司法顾问拉布德和他的妻子,她看上去十分苍老,法比安向她问好时,她哭着说:"我们没有照顾好他。"

"自我指责没有意义。"法比安回答。

"他不是长大了吗?"司法顾问发问。他的妻子放声痛哭,他皱起了眉头。"我通宵读了斯特凡的论文,"他说,"虽然我对你们的专业一窍不通,不知道研究基础对不对,但结论聪明、有洞察力,这一点毫无疑问。"

"研究基础也没问题,"法比安说,"那篇论文很出色。枢密顾问要是能来就好了!"

拉布德太太还在哭。"人都死了,你们为什么还要剥夺他死去的理由?"她问,"走吧,我们离开这里!"她站了起来,紧紧抓住两个男人,"让他安息吧!"

但司法顾问说:"坐下,路易丝。"

这时,枢密顾问来了。他是个老派优雅的人,只是双眼有点过于外突。勤杂工跟在他身后上了楼,拎着一个手提箱。"太可怕了。"枢密顾问一边说,一边侧着头向拉布德的父母走来。当他握住司法顾问太太的手时,她放声大哭,司法顾问也非常激动。"我们认识,"老文学史家对法比安说,"您是他的朋友。"他打开自己房间的门,请他们进去,告退片刻,像医生准备诊病那样洗了洗手;其他人一言不发地环桌而坐。勤杂工备好了手巾。

枢密顾问擦着手说:"我不见任何人。"勤杂工走了,枢密顾问坐了下来。"我今早在瑙姆堡*买了

---

* 位于德国萨克森-安哈尔特州。

份报纸,"他说,"读到的第一条消息就是令郎遭遇不幸的报道。如果我向您提出最显而易见的那个问题,不会太过冒失吧?是什么,看在上帝的分儿上,致使令郎迈出这最极端的一步?"

司法顾问放在桌上的手攥成了拳头。"您想不出来吗?"

枢密顾问摇摇头。"我一无所知。"

拉布德的母亲举起双手,并在空中交叉。她用眼神请求男人们停止。

但拉布德的父亲使劲向前探着身子。"我的儿子开枪自杀,是因为您否决了他的论文。"

枢密顾问从胸前的口袋里抽出一条丝质手帕,擦了擦额头。"什么?"他轻声说。他站了起来,用他前突的眼睛盯着在座的几个人,像是担心他们疯了。"但是根本不可能啊。"他轻声说。

"是的,可能!"司法顾问喊,"拿上您的大衣,跟我来,去看看我们的儿子!他躺在沙发上,死得透透的。"

拉布德太太眼睛一动不动,睁得很大,说:"你们又杀了他一次。"

"太可怕了。"枢密顾问嘟哝着。他抓住司法顾问的胳膊。"我否决了他的论文?谁说的?谁说的?"他大喊,"我说这篇论文是近几年最成熟的文学史成果，并让所里传阅。我在我的鉴定意见里写道，凭借本论文，斯特凡·拉布德博士有权获得专业界最为浓厚的兴趣；拉布德博士这篇关于启蒙运动的论文，为现代研究做出了不可估量的贡献。我还写道，从未有学生向我提交过如此重要的文章，而且立即安排它作为本所丛书的特刊本予以出版。谁说他的论文被我否决了？"

拉布德的父母坐着一动不动。

法比安站了起来，浑身颤抖。"稍等，"他沙哑着嗓子说，"我去叫他。"说完他跑了出去，来到楼下的目录室。研究所的科研助手韦克尔林博士正俯身坐在桌前，整理登记了图书馆最新藏书的索引卡片。他恼火地抬起头来，眯起一双近视眼。"您想干什么？"他问。

"枢密顾问让您马上过去。"法比安说。对方没有起身的架势，只是点点头，继续翻阅着索引卡片，于是法比安抓住韦克尔林的衣领，把他从椅子上拉起来，推搡着出了门。

"您怎么可以这样呢？"他问。但法比安没有回答，反而一拳打在他的脸上。韦克尔林举起手臂护住自己，不再反抗，跌跌撞撞地上了楼。来到枢密顾问的门前，他又犹豫起来，但法比安猛地拉开门，把枢密顾问和拉布德的父母吓了一跳。科研助手的鼻子流着血。

"我必须当着几位的面，问这位先生几个问题，"法比安说，"韦克尔林博士，您昨天中午是否对我的朋友拉布德说过，他的论文被否决了？您是否讲过，枢密顾问认为把论文转交到所里意味着对教授们的烦扰？您是否告诉他，枢密顾问想通过这种私人的回绝来避免他公开出丑？"

拉布德太太呻吟了一声，昏了过去，从椅子上滑到了地上。没有一个男人理会她。韦克尔林退到了门口，另外三个男人身体前倾，站在那里等着他回答。

"韦克尔林。"枢密顾问轻叹一句，重重地靠到一把椅子的靠背上。

助手宽大苍白的脸抽动了一下，仿佛想要微笑，接着又张了张嘴。

"能快点吗？"司法顾问咄咄逼人地发问。

韦克尔林把手搭在门把手上，说："只不过是个玩笑！"

这时法比安大喊一声，那喊声含混不清，听起来像是动物的嚎叫。下一刻他就向前扑去，两手握拳，打向助手，不间断地打，也不管打在哪里。他失去了理智，像个机械锤一样，一拳接一拳地打过去。"你个流氓！"他吼道，双拳正中对方的脸中央。

韦克尔林还在微笑着,仿佛想要道歉。他忘了自己的手还抓着门把手,自己想逃出这个房间。他被打得跪倒在地。他拉着扶手站起来,门弹开了。直到这时,他才想起自己的打算,于是冲出门外,来到走廊上。法比安跟了出来,两人一步步靠近通往底层的楼梯,一个在打,另一个流着血。

楼梯脚下聚集着一群大学生,他们被嘈杂声从研究所的各个房间吸引出来,一言不发,耐心地站立等待着,仿佛感觉到了楼上发生的事情是正义的。"你个狗东西!"法比安说着,打中了助手的下巴;韦克尔林向后倒去,脑袋沉闷地摔在台阶上,骨碌骨碌地滚下木制楼梯。法比安追在后面,打算向他扑过去。这时几个大学生跳上前来,紧紧抓住了法比安。"放开我!"他喊着,像个躁狂症患者一样,想要挣脱开那些围住他的胳膊,"放开我,我打死他!"有人捂住了他的嘴。研究所的勤杂工跪在韦克尔林身旁,韦克尔林试图站起来,但又呻吟着向后倒下。人们把他拖进了目录室。

枢密顾问和拉布德的父亲站在楼上,紧紧靠着楼梯。透过敞开的门,可以听到一声长长的哀嚎,斯特凡的母亲从昏厥中醒了过来。

"原来如此,只不过是个玩笑!"司法顾问喊着,绝望地大笑起来。

枢密顾问仿佛终于找到了一条出路,简短有力地说了句:"韦克尔林博士被开除了。"

大学生们放开了法比安。法比安垂下头——或许这意味着告别——离开了研究所。

第二十一章

只不过是个玩笑！

只因韦克尔林先生开了一个愚蠢的玩笑，拉布德便送了命。看似自杀，实则被一名研究中古高地德语的下级公务员所谋杀，此人把有毒的话语滴落到拉布德的耳中，如同把砒霜滴进水杯。他开玩笑地瞄准拉布德，扣下扳机，没上膛的枪里射出了致命一击。

法比安走在弗里德里希大街上，韦克尔林怯懦微笑的脸仍然浮现在眼前。他惊讶地问自己："为什么我要打那个家伙，仿佛必欲除之而后快？为什么我对他的愤怒大于对拉布德无谓死去的悲伤？像韦克尔林那种无意间酿成此种灾祸的人，不是更值得同情而非憎恨吗？他还能再睡踏实吗？"

法比安逐渐明白了自己的本能。韦克尔林不是无心之失，他就是想击中拉布德，不是杀掉他，而是让他受伤。一个没有天赋的竞争者报复了一个有天赋的人。他的谎言是雷管，他把雷管扔进拉布德体内，就跑到远处，幸灾乐祸地观赏爆炸的情形。

韦克尔林被开除了，也挨了打。如果他没有丢工作、没挨打不是更好吗？既然拉布德已死，让韦克尔林的谎言继续活下去不是更好吗？朋友的死，昨天让他充满悲伤，今天却让他心怀不满。真相大白，有益于谁呢？难道有益于拉布德的双亲，他们现在终于知道，自己的儿子是一起卑鄙行径的牺牲品？在他们获悉真相之前，不存在谎言。现在正义取得了胜利，自杀却跟着变成了一个悲剧性的玩笑。法比安想到了拉布德的葬礼，不禁毛骨悚然：他看到自己在送葬的行列中，他认出了棺材旁的拉布德父母，枢密顾问也在，拉布德的母亲一声哀嚎，撕掉了黑帽子上的黑色绉绸面纱，痛苦地扑倒在地。

"当心！"有人怒声喝道。法比安被撞了一下，于是停住了脚。难道他本该隐瞒韦克尔林一事，而非去澄清吗？他原本应该把事实真相藏在心里，避免拉布德的双亲得知后受到伤害吗？为什么拉布德直到写最后一封信时仍然那么认真，为什么他如此热爱秩序？为什么他对自己的动机直言不讳？法比安继续前行，拐进莱比锡大街。现在是中午，办公室文员和女售货员们挤在公交站点，赶公交车，因为用餐休息时间很短。

如果那个韦克尔林没有横插一脚，如果拉布德听说了自己论文所获得的真正评价，那他非但不会死，这份成就还会激励他，缓解他对莱达的失望，释放他的政治野心。他为什么为一篇论文坐了五年冷板凳？他想向自己证明，他有能力。他期待论文的成功，在心理上把它纳入了自己的发展预期中。他的预期是正确的，然而他还是相信了韦克尔林的谎言，而不是自己的信念。

不，法比安不想看着别人给自己的朋友送葬。他必须离开这座城市。他呆呆地看着一辆驶过的汽车。那不是科尔内利娅吗？坐在一个胖男人的旁边？他的心脏突然停止了跳动。不是她。他必须离开，十匹马也拉不住他。

他去了火车站。他甚至没有回寡妇霍尔菲尔德处，房间里的一切他都原封不动地留下了。他不去见扎哈里亚斯了，那个自负的伪君子。他去了火车站。

特快列车一小时后出发。法比安办理了车票，买了几份日报，坐在候车大厅里翻阅着。

一个经济会议呼吁签署大规模的国际协议。这种东西只是花言巧语吗？还是他们逐渐明白了尽人皆知的事情？人们认识到了理性最明智吗？说不定拉布德说得有道理？说不定真的没必要去等待堕落人类的道德提升？说不定真的可以通过经济措施来实现法比安这样的道德主义者的目标？道德要求只是因为没有意义才无法兑现吗？世界秩序的问题只是个经济秩序的问题吗？

拉布德死了。读到这种报道，一定会让他振奋，这些东西符合他的计划。法比安坐在候车大厅，思索着朋友的想法，但仍然无法认同。他想改变现状吗？他想改善人们的生活。少了后面这条途径，前头那个目标对他来说意味着什么呢？他希望人人锅里每天有十只鸡，他希望每人都有个带扬声器的抽水马桶，他希望每人有七辆车，一周里每天换一辆。如果仅此而已，又有什么用呢？难道他受了愚弄，以为人只要过得好，就会变好？那油田和矿井的主人们岂非真正的天使！

他不是曾对拉布德讲过，"就算在你梦想的天堂中，人们也会互扇嘴巴"吗？每个野蛮人平均工资两万马克的仙境，就是合乎人类尊严的终点吗？

他坐在那里，用自己的道德立场反驳着经济景气研究者，与此同时，长期以来一直如小虫般在他的感觉中钻来钻去的疑虑又出现了。那些他渴盼的人道的、正直的正常人，真的值得期盼吗？这种人间天堂，无论它是否会实现，难道不是连想一想都如地狱一般吗？谁受得了那样一个用高尚镀了一层金的时代？那样岂不是更蠢？也许那种让自私自利畅通无阻的计划经济，说不定不仅更容易实现，而且还是更容易承受的理想状态？如果他的乌托邦只有调节意义，那么作为现实不是既不受欢迎也很难承受吗？难道他不是像对他爱的姑娘那样，在对人类说"我想给你取下天上的星星！"吗？这一承诺值得赞赏，但是如果情郎将它实现，那就倒霉了。

如果他真给姑娘取了来，那可怜的姑娘要拿这些星星怎么办才好呢！拉布德曾经站在事实的地基上，想要前行，却跌了一跤。而他，法比安，因为不够重，所以飘浮在空中，并且继续活着。为什么他还活着，既然他不知道活着的目的？为什么他的朋友认识到了活着的目的，却已死去？应该活着的人死了，本该死掉的人活着。

从摊在膝头的小报副刊上，他又看到了科尔内利娅。"律师成了电影明星"，照片下一行大字。"法学博士科尔内利娅·巴腾贝格小姐"，接着可以读到，"被知名的电影实业家埃德温·马卡特发掘，将在几天后开机拍摄电影：《Z女士的多重面具》"。

"一切顺利。"法比安轻声说着，朝照片点点头。他翻开另一张报纸，又看到了她。她穿着一件气派的夏季皮草，坐在他见过的那辆车的方向盘前，旁边蜷缩着一个肥胖高大的男人，似乎是发掘者本人。签名证实了这一猜测。那个男人看起来既残忍又狡猾，像个没文化的恶魔。编辑称，埃德温·马卡特是手拿探测仪的男人，他的最新发现叫作科尔内利娅·巴腾贝格；作为昔日的候补官员，她代表着一种新的时尚类型，即有知识的德国女性。

"一切顺利。"法比安重复着，呆呆地看着照片。恍如隔世！他看着照片，仿佛在注视着一座坟墓。一把无形的、幽灵般的剪刀剪断了把他和这座城市联系在一起的所有纽带。工作丢了，朋友死了，科尔内利娅落入一个陌生人之手，他还在这里干什么？

他小心翼翼地把几张照片从报纸上撕下来，夹到笔记本中，并把报纸扔掉。没有什么能阻挡他，他要回到来处：回家，回到他出生的城市，回到母亲身边。他早就已经不在柏林了，尽管他仍然还坐在安哈尔特火车站里。他还会再回来吗？几个人坐了下来，桌前满满当当，他站了起来，过了检票处，登上了等待发车信号的火车。

只要离开这里！车站时钟的分针继续挪动着。只管离开！

法比安坐在窗前，向外看去。田野仿佛在一个转盘上摆动，电线杆做着下蹲，有时会有赤脚的农家小孩出现在移动的风景中，机械地挥手示意。在一片牧场上，有匹马在吃草，一只小马驹沿着篱笆蹦蹦跳跳，晃动着脑袋。随后，火车驶过一片昏暗的云杉林，树干上长满了灰色的地衣。云杉立在那里，仿佛患了麻风病，被要求不准离开森林。

他觉得有人在看他，于是转身向车厢里望去。同行者，那些冷漠的旅伴，全都麻木不仁地坐在那里，忙着自己的事情。谁在注视他？这时他发现了过道上的伊雷妮·莫尔。她抽着烟，朝他微笑着。他没动，于是她挥了挥手。

他走了过去。

"像咱们俩这样跟着对方的屁股跑，真是闻所未闻，"她说，"你去哪儿？"

"回家。"

"礼貌点，"她说，"请问一问我想去哪儿。"

"您想去哪儿？"

她靠在他身上，低声说："我在逃亡。一个陪睡的小子告发了我的妓院。一位警官今早告诉我的，他每月从我这里领双倍的工资。你跟我一起去布达佩斯吧？"

"不。"他说。

"我身上有十万马克。不去布达佩斯也行。我们转道布拉格去巴黎吧？可以住克拉里奇酒店。或者去枫丹白露，租座小别墅。"

"不，"他说，"我要回家。"

"一起吧，"她央求道，"我还带了首饰。钱花光了，我们就去勒索那些在我那儿找人陪睡的老太婆。我知道一些有趣的细节，猫眼有它的好处。还是说你更愿意去意大利？你觉得贝拉吉奥*怎么样？"

"不，"他说，"我要回到母亲身边。"

"你个该死的蠢驴，"她气恼地低声说，"非让我跪在你面前向你求爱吗？你对我有什么意见？我对你来说太开明了吗？你更喜欢一头蠢鹅吗？我厌倦了随便抓条裤子来就用。我喜欢你。我们一次次相遇，这不可能是偶然。"她抓起他的手，抚摸着他的手指，"求求你了，一起吧。"

"不，"他说，"我不去。祝您旅途愉快。"他想返回自己的车厢。

她拦住了他。"可惜，太可惜了。说不定下次还有机会。"她打开自己的手提包，"你需要钱吗？"她想往他手里塞几张钞票。他把手攥成拳头，摇摇头，回了自己的车厢。

她在车厢外又站了一会儿，注视着他。他看向

---

* 意大利的一个小镇，著名的度假胜地。

窗外。火车正驶过一个村子。

晚上6点左右,他到站了。从火车站出来,他看到了三皇教堂。他觉得,教堂仿佛在从上往下地打量他:为什么今天没人接你,为什么你回来没带箱子?

他沿堤坝路走着,横穿老高架桥。一辆看不到头的货运列车咔嗒咔嗒地从桥上驶过,石拱轰隆作响。尚策老师以前住的那栋房子粉刷一新,其他房子没变样,还是他从小就熟悉的灰色立面。拐角处归助产士施罗德所有的那栋房子里,新开了一家店,是个肉铺,那几盆花还摆在橱窗里。

他慢慢走近自己出生的那栋房子。多么熟悉的街道啊。他熟悉这些房屋的立面,熟悉那些庭院、地下室和地板,到处都是他生活过的地方。但是进出这些房子的人是陌生的。在一家挂着"肥皂店"招牌的商店前,他停住了脚。只见窗户上贴着一张纸条:"精品肥皂大促销。自有品牌薰衣草由22芬尼降为20芬尼,鱼雷肥皂由28芬尼降为25芬尼"。他走到门口。

他的母亲站在柜台后面,柜台前面站着两位女士。母亲俯身把一袋洗衣粉拿到桌上,接着把一条硬皂对半切开,又取出一张包装纸和一把木勺,从桶里舀出软皂，称重并包了起来。他闻到了飘到街上的肥皂味。

他开了门，铃声叮咚作响。老母亲抬眼望去，惊恐地垂下双手。

他走到母亲身边，用颤抖的声音说道："母亲，拉布德开枪自杀了。"霎时间眼泪夺眶而出。他打开通往里屋的门，进屋后把门关上，坐到窗前的靠背椅上，向外面的院子望去，然后缓缓把头趴到窗台上，哭了起来。

第二十二章

"他怎么了?"父亲第二天早上问。

"他工作丢了,"母亲说,"朋友自杀了,你知道吗?就是当初在海德堡认识的拉布德。"

"我根本不知道他有朋友,"父亲说,"什么都不跟家里人说。"

"你是没好好听。"母亲说。这时店里的铃响了。法比安太太回屋后,丈夫已经读起了报纸。

"他和一个年轻姑娘也吹了,"她接着说,"不过这方面他没有细说。姑娘是学法律的,但去拍电影了。"

"白瞎了读大学的钱。"丈夫说。

"一个漂亮姑娘,"法比安的母亲说,"跟了一个胖子,是个电影厂的厂长。真恶心。"

"他要长期待在家里吗?"父亲问。

母亲耸耸肩,给自己倒上咖啡。"他给了我1000马克,拉布德留给他的。我要帮他存起来。儿子受了伤,我一点忙帮不上。这和拉布德没关系,和那个电影演员也没关系。他不信神,肯定和这个有关。他少个支撑点。"

"我像他这么大的时候,都结婚快10年了。"父亲说。

法比安沿赫尔街走着,经过驻军教堂和营房。教堂前布满砂砾的圆形广场上空无一人。他曾站在那里,作为千万名士兵中的一员,穿着拖沓的长裤,戴着头盔,等着战前宣讲,才17岁,准备聆听德意志的上帝对自己的部队做出指令。那究竟是什么时候来着?他在原步炮兵的营房前停住脚步,靠在铁栏杆上。列队兵检、练习射击、行军夜勤、听取战时公债、军饷领取的报告,这个沉闷的院子里发生过多少事啊。他在这里不是听说,那些老兵在第三次、第四次出征前,以一块黑面包为注,赌谁能最快回来吗?他们不是一周后穿着破烂的军装再次出现,身染了布鲁塞尔的纯种淋病吗?法比安离开栏杆,继续前行,经过原精锐部队和步兵部队阔气的营房,来到了他在熟悉左旋、潜望镜和活动炮架之前苦熬和生活了多年的公园和学校。马路向下延伸到市区,晚上他曾偷偷沿着这条马路跑回家,跑回到母亲身边，待上几分钟。无论是学校、军官学校、野战医院还是教堂，这座城市周围的每座建筑都曾是一座营房。

那座高大的灰色建筑仍然屹立在原地，塔尖覆盖着板岩，仿佛填满了儿童的烦恼。校长公寓的窗户仍然装饰着白色的窗帘，与众多黑黢黢的不安窗帘的窗子形成对比；没有窗帘的窗子后是教室，学生的起居室、更衣室和大寝室。以前他一直认为，校长公寓所在的那一侧楼房肯定会塌陷，因为那里窗户上挂着窗帘这件事在他看来如此沉重。他进了门，踏上楼梯。各间教室里传出或低沉或嘹亮的声音，飘荡在空无一人的走廊上。从二楼传来合唱声和钢琴演奏声。法比安放弃了宽阔的露天台阶，改走侧翼狭窄的台阶。两名矮小的学生迎面走来。

"海因里希！"其中一个大声说，"鹳鸟让你马上过去拿本子。"

"他再等等吧。"海因里希一边说，一边尽量缓慢地穿过摇摆的玻璃门。

"鹳鸟，"法比安心想，"一点没变。"还是那批老师，还是那些绰号。只有学生们换了，一届接一届地接受教育和塑造。楼宇管理员早上打钟。狩猎开始：寝室、盥洗室、更衣室、餐厅。年纪最小的摆好早餐餐具，从餐柜里取来黄油罐，从升降机里拿出搪瓷咖啡壶。狩猎继续：起居室、擦拭灰尘、教室、上课、餐厅。年纪最小的摆好午餐餐具。狩猎继续：自由时间、园林服务、踢足球、起居室、家庭作业、教室、餐厅。年纪最小的摆好晚餐餐具。狩猎继续：起居室、家庭作业、盥洗室、寝室。高年级学生可以晚睡两个小时，跑到公园里抽烟。一点都没变，只是换了一届又一届的学生。

法比安来到四楼，打开大礼堂的门。晨祷、晚祷、管风琴演奏、德皇诞辰、庆祝色当战役胜利、坦能堡战役、塔楼上的旗帜、复活节的审查、遣散应征者、开设战争课程、一次次虔诚与威严的管风琴演奏和节庆演说。团结、公正、自由有悖于这个房间的气氛。现在还和以前一样，每当老师经过，学生们就得立正吗？每周三有两个小时、每周日有三个小时的外出时间。如果被取消外出，还是得被检查员监督着，把报纸剪成厕纸吗？

偶尔不是也很美好吗？他感受到的仅仅只是这里蔓延的谎言，以及邪恶隐秘、把一代儿童变成顺从的公务员和狭隘的市民的暴力吗？偶尔也很美好，仅此而已。他离开大礼堂，沿阴暗的螺旋形楼梯，来到楼上的盥洗室和寝室。铁制的床架排成一长列。墙上的睡衣像军队里那样对齐。必须守秩序。高年级的学生夜里从公园回来，躺到床上去，低年级的学生战战兢兢，早就上了床，一声不吭。必须守秩序。他来到窗前。在下面的河谷中，城市和它古老的尖塔与露台闪着微光。他曾多少次趁别人睡觉时溜到这里，俯视着寻找母亲抱病所住的那栋房子。他曾多少次把头贴在窗户上，抑制住哭泣。他没有受到伤害，这座监狱没有伤害到他，那些忍住的哭泣也没有，的确如此。当时他没有被击垮。有几个饮弹自尽，但人不多。打仗时死的多一些。后来又死了几个。时至今日，班里一半的同学都死了。他走下楼梯，离开这座建筑，进了公园。他们曾经拿着树枝扎成的扫帚、铁锹和尖尖的棍子，小跑着跟在一辆手推车后面；他们曾经把枯萎的树叶扫成一堆，把散落四处的纸张叉起来。公园很大，直达一条小溪。

　　法比安走在熟悉的老路上。他坐到一张长椅上，望了望树梢，站起来继续走，徒劳地抗拒着目之所及的东西把他变回老样子。那些包围着他的大厅、房间、树木和花坛并不是现实，而是回忆。这里有他逝去的童年，现在他又找回了它。童年从树枝、墙壁和塔尖降落到他的身上，攫住了他。他在伤感的魔法中越陷越深。他来到保龄球球道旁，保龄球瓶摆成了三角形。法比安四下里望了望，没有旁人，于是从箱子里拿出一个球，向后摆臂，往前跑了几步，把球扔到球道上。球跳了几小跳，球道还是不平。六个球瓶啪嗒啪嗒地倒下了。

"究竟怎么回事？"有人怒气冲冲地问，"陌生人禁止入内！"

是校长。他没怎么变，只是亚述人一样的长胡子更白了。

"抱歉。"法比安说，脱了脱帽打算离开。

"稍等。"校长喊。法比安转过身来。"您不是我们以前的学生吗？"他问，然后伸出手来，"当然了，雅各布·法比安！衷心欢迎！真好。您怀念自己的母校吗？"他们互相问候。

"一个邪恶的时代，"校长说，"一个不敬神的时代。正义之士不得不承受很多痛苦。"

"谁是正义之士？"法比安问，"请您把他们的地址给我。"

"您还是老样子，"校长说，"您一直都是最出色也是最捣蛋的学生之一。您有何建树啊？"

"国家马上要发给我一笔小小的退休金。"法比安说。

"失业了？"校长严厉地问，"我原本对您抱有更大的期待。"

法比安大笑。"正义之士不得不承受很多痛苦。"他说。

"当年您真该参加国家考试，"校长说，"那您现在就不会没工作了。"

"就算我从事某项工作，"法比安激动地反驳道，"最后还是会失去它。我可以告诉您，人类除了牧师和教育者，全都茫然无措。指南针坏了，但是在这里，在这座楼里，没有人注意到这一点。整个中学从低年级到高年级，你们一如既往地坐着你们的电梯上上下下，你们要指南针有什么用呢？"

校长把两只手塞到自己礼服大衣的下摆下，说："我很震惊。您没有使命吗？去塑造您的性格吧，年轻人！我们为什么学习历史？我们为什么阅读经典？请磨掉您个性的棱角！"

法比安打量着这位锦衣玉食、自鸣得意的先生，微笑着说了句"您和您磨掉了棱角的个性滚吧！"就走了。

途中他遇到了埃娃·肯德勒。她带着两个孩子，已经变得相当丰满。他很奇怪，自己竟然认出了她。

"雅各布！"她喊了一句，脸红了，"你一点没变。问叔叔好！"孩子们把手伸给他，行了个屈膝礼。是两个女孩，和她相比，她们看起来更像她本人。

"我们至少十年没见了，"他说，"你怎么样？你什么时候结的婚？"

"我的丈夫是卡罗拉医院的主治医生，"她说，

"那里没法取得飞跃。自己开诊所,钱不够。说不定他会和万斯贝克教授去日本。如果值得,我和孩子们就跟过去。"他点点头,注视着两个小姑娘。

"还是以前好,"她轻声说,"你还记得我父母出门旅行那次吗?那时我 17 岁。时间过得真快啊。"她叹了口气,整了整女儿的水手服领子,"还没等拥有自己的人生,又要为孩子担负起责任来。今年我们都没去过海边。"

"那是很糟。"他说。

"是呀,"她说,"我们打算去一趟。再见,雅各布。"

"再见。"

"和叔叔握握手吧!"

小姑娘们行了个屈膝礼,贴到母亲身边,跟着母亲走了。法比安又站了一会儿。往事拐过街角,手里领着两个孩子,变得陌生,他差点认不出。"你一点没变。"往事对他说。

"怎么样?"母亲问。午饭后,他们站在店里,从箱子里取着漂白粉。

"我去了营房,也去了趟学校,然后遇到了埃娃。她有两个小孩,丈夫是医生。"

母亲数着自己往架子上放了几包。"埃娃?当年是个漂亮姑娘。那是怎么回事来着?当时你两天没回家。"

"她的父母出门旅行了,我给她补习了几天启蒙运动的知识。那是她的第一次课,我一丝不苟、郑重其事地完成了我的任务。"

"我当时很担心。"母亲说。

"但我明明给你发了封电报!"

"电报是个可怕的东西,"她宣称,"我守着电报坐了半个多小时,不敢打开。"他一包包地递过去,母亲将其摞起来。"你在这里找个工作不是更好吗?"她问,"你真的想再回柏林吗?你不喜欢和我们住在一起了吗?你可以搬到客厅。这里的姑娘们也更可爱,没那么疯癫。说不定你能找到个妻子。"

"我还不知道我要做什么,"他说,"可能会留下。我想工作,我想干点事,我希望眼前有个目标。如果没有,我就造一个出来。不能再这样下去了。"

"我们那时候没这些事,"她说,"那时候目标就是赚钱,还有结婚和生孩子。"——"说不定我会习惯,"他说,"你一直都说什么来着?"

她停住手,语重心长地说:"人是习惯的动物。"

第二十三章

傍晚时分,法比安来到了老城区。站在桥上,他又一次看到了那些自打他记事以来就熟悉的世界知名建筑:昔日的宫殿、昔日的皇家歌剧院、昔日的宫廷教堂。这里的一切都精彩绝伦、历尽沧桑。月亮缓缓地从宫殿的塔楼滚落到教堂的塔尖,仿佛在钢丝上滑行。沿着河岸延伸的梯地上,布满古树和威严的博物馆。这座城市,它的生命和文化,都进入了退休状态。城市全景如同一座昂贵的墓地。在老市场,他遇到了文茨卡特。"下周五有班级聚会,在市政厅地下室的酒店,"文茨卡特说,"你那时候还在吧?"

"但愿还在,"法比安说,"我尽量过去。"他抬腿要走,但对方要请他喝一杯,他的妻子14天前就去了疗养浴场。他们来到了加斯迈尔喝比尔森啤酒。

第三杯下肚，文茨卡特讲起了政治。"这样下去不行，"他骂道，"我加入了钢盔党*。我不戴徽章，我一个平头百姓，不能在生活中公开自己的党员身份，但事实就是事实。必须来一场绝望的战斗。"

"你们刚动手，根本来不及战斗，"法比安说，"马上就会绝望。"

"或许你说得对，"文茨卡特大声说着，敲击着桌板，"那我们就走向毁灭，妈的！"

"我不知道，这样对整个民族来说是否公平，"法比安表示反对，"你们哪里来的胆量，竟然要求六千万人毁灭，仅仅因为你们雄火鸡一样的自尊心受了伤害，而且你们喜欢打来打去？"

"世界历史一向都是这样。"文茨卡特斩钉截铁地说完，一饮而尽。

"世界历史彻头彻尾就是这副模样！"法比安大喊，"读到这种东西真是羞愧，向孩子们灌输这些也应该感到羞愧。为什么一向如此，就得一直如此呢？如果这一切亘古不变，那我们现在还坐在树上。"

"你不是个爱国者。"文茨卡特宣布。

"你是个傻瓜，"法比安说，"这要可悲得多。"

---

* 1918年成立的半军事性民族主义组织，由参加过第一次世界大战的士兵组成，1924年起也吸收非参战者，与纳粹党以及反民主的右翼党派联合，公开反对魏玛共和国。

他们又喝了一杯啤酒，为谨慎起见换了个话题。

"我有个绝妙的主意，"文茨卡特说，"我们去逛妓院。"

"现在还有这种地方吗？我以为都被依法取缔了。"

"当然了，"文茨卡特说，"是被取缔了，但还有一些。两者不相干。你会开心的。"

"我根本没那个想法。"法比安表示。

"我们和姑娘们喝杯香槟，其余项目任选。随和点，一起吧。好好盯着我，别让我给妻子添烦恼。"

那家妓院位于一条狭窄的巷子里。法比安想起当年从这里经过时，卫戍部队的军官正在里面纵酒狂欢。20年过去了。这栋房子看上去一点没变。

不出意外的话，现在里面住着的还是那些姑娘。文茨卡特按铃。房子里的脚步声越来越近。一只眼睛透过门上的猫眼往外看了一会儿。门开了，文茨卡特不安地四下张望。巷子里没人，他们走了进去。

他们从一个老太婆身旁经过，老太婆嘟哝着向他们问好。他们又沿着狭窄的木制楼梯上了楼，老鸨出来打招呼："你好，古斯塔夫，又见到你了？"

"来瓶香槟！"文茨卡特大声说，"莉莉还在你们这儿吗？"

"不在了。但洛特还在,她的屁股对你来说足够大了。二位请坐!"

他们被领进了一个六边形的房间,摆设是土耳其式的毕德麦耶尔风格。灯发着红光。墙面镶了板,装饰着花纹和裸体女人,两侧各摆着一排低矮的垫子。两人坐了下去。

"显然生意不好。"法比安说。

"都没钱,"文茨卡特解释道,"而且这一行也过时了。"

这时,三个年轻女人进了屋,招呼她们的常客。法比安坐在一个角落里,注视着这一幕。老鸨拿来一个桶,倒好香槟,喊了声"干杯!",大家喝了起来。

"洛特,"文茨卡特说,"你们脱了衣服。"

洛特是个胖子,长着一双有趣的眼睛。"好。"她说着和另外两人走出房间。一分钟后,她们赤身裸体地回来了,坐到了两名客人之间。

文茨卡特跳了起来,张开手打了一下洛特的屁股。她尖叫一声,亲了他一下,一边嘟哝着恳求他,一边把他推出了房间。他们不见了。

只剩法比安和老鸨还有两名裸体的女人坐在桌旁,喝着香槟聊天。"这里一直这么冷清吗?"他问。

"前不久,歌咏节的时候,来我们这里的人很多,"金发姑娘一边说,一边若有所思地把玩着自己的乳头,"那时候我一天有18个男人。但平时无聊得要死。"

"和在修道院一样。"矮个子、深色头发的姑娘惆怅地说,并向法比安挪近了点。

"再来一瓶吧?"老鸨问。

"不必了,"他说,"我只带了几马克。"

"哎,胡说!"金发姑娘喊,"古斯塔夫的钱够了。再说了,他还可以在我们这里赊账。"老鸨起身去取酒。

"你跟我上楼吧?"金发姑娘问。

"我刚才说得很实在,我没有钱。"他说,并且庆幸自己不用撒谎。

"真丧气,"金发姑娘喊,"我来妓院是疗伤的吗?来吧,过几天再拿钱来!"法比安拒绝了。

没过多久,文茨卡特回来了,坐到了金发姑娘的身旁。"你这会儿也不用坐到我身边了。"她委屈地说。

洛特也回来了。她两手托着屁股。"真是个猪猡!"她抱怨着,"老是打人!我又三天没法坐了。"

"你还有10马克呢。"文茨卡特说。她俯身把钱塞到低帮鞋里,文茨卡特趁机又打了下她的屁股。她怒目圆睁,作势要向他扑去。

"坐过去!"他下令,然后搂着金发姑娘的腰,问道,"怎么样,我们走吧?"

她审视着他,说道:"但不能打我。我赞成正确的做法。"

他点点头。她站了起来,扭腰摆臀地走在前头。

"你不是让我盯着你点嘛。"法比安说。

"天哪,"文茨卡特说,"何以解忧,唯有小酒。"说完他跟着女人走了。

老鸨又拿来了一瓶酒倒上。洛特骂着文茨卡特,展示着身上的伤痕。矮个子、深色头发的姑娘拉了拉法比安的夹克,耳语道:"跟我来我的房间吧。"他看着她,她严肃的大眼睛也注视着他。"我想给你看点东西。"她平静地解释道,然后两人一起离开了。

矮个子裸体女人的房间同样是土耳其式的摆设,和他们刚才所在的客厅一样没品位。满床的碎花图案,包着蕾丝花边。墙上贴着几张可笑的图片。电炉烤得空气暖洋洋的。窗户开着,三盘绽放的花摆在窗前。

女人关上窗户,来到法比安身边,搂住他,抚摸着他的脸。

"你想给我看什么?"他问。她什么也没给他看,什么也没说,只是凝视着他。

他友好地拍了拍她的背。"我真的没钱。"他说。她摇摇头,解开他马甲的扣子,然后躺到床上,从容地观察着他,一动不动。

他耸耸肩,脱下西装,躺到她的身旁。她松了口气,抱住他。她非常小心地把自己献给他,两只眼最初一直盯着他的脸。他难为情起来,仿佛挑唆了一个处女去放荡。她一直没说话,过了一会儿才张开嘴;她呻吟着,但是就连呻吟也很拘谨。

事后她拿了水来,把两瓶药水滴到碗里,周到地备好了一块手巾。

文茨卡特坐在洛特和金发姑娘之间,疲惫地朝法比安点点头。他们喝光了那瓶酒,告辞离开。法比安往深色头发的矮个子姑娘手里塞了两张2马克的纸币。"我身上就这些。"他轻声说。她严肃地注视着他。

所有人一起来到楼梯口。文茨卡特的声音又大了起来,他醉了。突然法比安感到一只手塞进了自己的口袋。来到马路上,他把手伸进口袋,摸到了自己那两张2马克的纸币。

"你觉得可能吗?"他问同伴,"我给了那个矮个子女孩几马克,她又把钱偷偷塞给了我。"

文茨卡特大声打了个哈欠,说:"爱情说不准在哪里降临。她很可能有这个需要。另外,雅各布,如果你去参加班级聚会,什么都不要讲!别忘了,周五晚上,在市政厅地下室的酒店。"然后他走了。

法比安信步而行。马路上几乎没什么人,有轨电车空荡荡地驶进停车场。他在桥上驻足，向河里看去。弧光灯颤抖着映照在河里，好似一串落到水中的小月亮。河面很宽，山里肯定下过雨。在环绕城市的几座山丘上，闪烁着万家灯火。

此刻，他站在这里，而拉布德的灵柩放在格吕内瓦尔德的一座别墅里，科尔内利娅躺在马卡特的四柱床上。拉布德和科尔内利娅都躺在离他很远的地方。法比安站在另一片天空下。这里的德国没发烧。这里的德国温度过低。

第二十四章

次日,他来到面包房,往文茨卡特的办公室打电话。文茨卡特赶时间,他得去法院。法比安问,他认不认识人能安排个行政岗位。

"去找霍尔茨阿普费尔,"文茨卡特说,"他在《每日邮报》。"

"他在那里做什么?"

"首先他是名体育编辑,其次他写音乐评论。说不定他能帮忙打听打听。提醒他别忘了周五晚上。再见。"

法比安回到家,说他要去老城区找霍尔茨阿普费尔,他是《每日邮报》的编辑,说不定可以帮助自己。母亲站在店里,等待着顾客。"那太好了,我的孩子,"她说,"愿上帝保佑你!"

在有轨电车上,一个转弯,他和一个高个子的男人撞到了一起。他们不快地对视着。"我们认识啊。"那男人说着伸出手去。是克诺尔，前预备役的中尉，曾负责训练法比安所在的那个为期一年的连队。他仿佛受雇于死神和魔鬼，不仅自己折磨那群17岁的少年，也让他们相互折磨。

"赶紧把您的手拿开，"法比安说，"不然我给您吐上口水。"

货运商克诺尔先生听从了这一严肃的建议，尴尬地笑着，因为平台上不只他们两人。"我怎么着您了啊？"他问，尽管他知道。

"如果您的个子不是这么高，我现在就给您一巴掌，"法比安说，"但我连您可敬的脸蛋都够不到，就只能出别的招儿。"说着他往克诺尔脚上的鸡眼踩了一下，疼得他嘴唇紧闭、脸色苍白。周围的人都笑了，法比安下了车，走完了剩下的路。

霍尔茨阿普费尔，当年的同班同学，看上去特别老练，喝着瓶装啤酒，在几个长条校样上龙飞凤舞。"请坐，雅各布，"他说，"我得修改一下比赛预告，还有一篇关于钢琴音乐会的总结报道。很久没见了。你去哪儿了？柏林，对吧？我很想再去一趟，就是没机会，老是太忙，老是有啤酒要喝。脑子里长茧，屁股上长茧，孩子越来越老相，女友越来越少相，谁吃得消啊。"他一边这样瞎扯，一边改着稿，而且不慌不忙地继续喝着酒，"科佩尔离婚了，他发现妻子出轨了两个男人。他一直都是个优秀的数学家。布雷特施奈德把药店卖了，购置了一座收益不高的小农庄，培育红色谷物和盐水土豆。所谓穿衣戴帽，各有所好。好了，钢琴音乐会可以等一等。"他摇铃叫了递送员来，把比赛预告的长条校样送去排版。这时法比安说，他在找工作，他上次做的是广告；但他做什么都行；关键是，要在城里找到个工作。

"你不懂音乐，也不懂拳击，"霍尔茨阿普费尔指出，"说不定副刊用得上你，再写篇戏剧评论或类似的。"他打了个电话，和主任商量。"去见见那个家伙吧，"他建议，"跟他说点好听的。他很自负，但好学。"

法比安道了谢，提醒对方别忘了班级聚会，就去找汉克主任。"霍尔茨阿普费尔博士是您的同班同学？"主任问，"您大学学的是文学史？眼下没有职位空缺。但是没关系。如果您有能力，我总能派上用场。您先无偿工作14天。我把您引荐给副刊主管。要是他拒绝录用您的文章，那您就倒霉了；没拒绝的话，就欢迎您做我的编外员工。"他打算按铃。

"稍等，主任先生，"法比安说，"感谢您提供的机会，但我还是更想干广告员。比如说，可以给广告商设立一个咨询中心，向客户推荐有诱惑力的广告词，也许还可以组织整套的广告活动。巧妙和系统性的广告能增加报纸的发行量。例如联合主要的广告客户，进行有利可图的有奖竞猜，还可以为订户组织拳击晚会和类似的民间节日。"

主任全神贯注地倾听着，然后说："我们的大股东不赞同柏林的法子。"

"但他们赞成增加发行量！"

"不能借助胡闹来增加，"主任声明，"不管怎样，我会和我们的广告主管谈谈。或许也该适度地采取一些长期来看没法完全避免的措施了。请您明天11点再来一趟吧，我看看自己能做点什么。您带几份作品过来，还有工作鉴定书，如果您有这种存货的话。"

法比安站了起来，对他所表现出来的兴趣表示感谢。

"如果我们聘用您，"主任说，"请不要指望有多高的工资。200马克在今天是一大笔钱。"

"对员工来说吗？"法比安好奇地问。

"不是，"主任说，"对股东来说。"

法比安坐在林贝格咖啡馆，一边喝着白兰地，一边思索着。他的计划愚不可及。一旦人家开恩聘任他，他便要帮一家右倾的报纸扩张。难道他是想说服自己，让自己单纯醉心于广告工作，而广告服务于什么目的于他无关紧要吗？他打算这样欺骗自己吗？他愿意为了每月两张100马克的钞票，日复一日地麻醉自己的良心吗？他和闵采尔之流是一路人吗？

母亲会很高兴。她希望他能成为社会中有用的一分子。成为这个社会，这家有限责任公司有用的一分子！不行。他还没有如此不堪。赚钱对他来说还不是头等大事。

他决定，不告诉父母自己有希望栖身于《每日邮报》。他不想寄人篱下。见鬼，他不想卑躬屈膝！他决定回绝主任；一做出这个决定，他立马觉得舒服多了。拉布德留给他的钱还剩1000马克，他可以拿着这些钱去厄尔士山脉，找个安静的农庄住下。这笔钱足够他用半年或者更长时间。只要他患病的心脏不和他作对，他就可以四处漫游。学生时代的多次旅行带他了解了那些山脊、山峰和玩具城。他熟悉那些森林、山区草甸、湖泊和贫穷卑顺的村民。其他人都去南太平洋，厄尔士山脉便宜一些。说不定他在山上会缓过劲来，说不定他会变得像个男人，说不定他在孤寂的林间小路上能找到一个值得投入的目标，说不定500马克就够用了。另一半他可以留给母亲。

那就出发,向着大自然的怀抱,前进!等法比安回来,世界已经前进了一步,或者倒退了两步。不管世界向着哪个方向转变,都比现在正常。无论形势怎样变化,对他来说都更有前途,不管需要斗争还是工作。面对污秽,他不能再像个孩子那样袖手旁观;但他也没法出手、大力相助,因为他该从何处下手、与谁结盟呢?他想逃离喧嚣,在静谧的山间凝神谛听,直到听到时代对他以及和他一样的人发出起跑信号。

他走出咖啡馆。但他的计划不等于逃跑吗?对打算行动的人来说,随时随地不都可以行动吗?他这么多年来在等什么呢?或许在等着认识到自己注定是观众,而非像他直到今天仍认为的那样,是世界舞台上的演员?

他站在商店前,盯着衣服、帽子和戒指,却什么都看不到。来到一家紧身胸衣店前,他才清醒了过来。不管怎样,生活是最有趣的活动之一。

宫殿大街的巴洛克建筑依然矗立着,建造者和第一批租客早已故去。幸好他没有回头。

法比安过了桥。

突然,他看到一个小男孩在石制的大桥栏杆上保持着平衡。

法比安加快脚步，跑了起来。

这时，小男孩摇晃起来，发出一声尖叫，膝盖一弯，挥舞着双臂，从栏杆上扑到了河里。

几名听到尖叫声的行人转过身来。法比安趴在宽广的栏杆上，看到了小男孩的脑袋和拍打着水的双手。于是法比安脱下夹克，跳下河去救他。两辆有轨电车停了下来，乘客们从车上下来，注视着发生的一切。激动的人们在岸边跑来跑去。

小男孩号叫着游向岸边。

法比安淹死了。可惜他不会游泳。

附录一

法比安和道德判官

（作者原想把本文和另一篇文章《法比安和艺术判官》作为小说的后记，却不得不删除。本文后来发表在《世界舞台》上，后一篇已遗失。）

该书不适合青少年，不管他们几岁。作者反复指出两性之间在解剖学上的差异，让一丝不挂的女人和其他女性在多个章节中走来走去，一再地暗示那个被人们冷淡地称为性交的过程，毫无顾虑地提及种种病态的性生活方式。凡此种种，但凡可能促使道德判官大骂"下流"的事情，他一样都没有遗漏。

对此，作者回复道：我是个道德主义者！

根据亲身体验和其他观察，他意识到，情色在他的书中必须占据相当大的篇幅。不是因为他想把生活拍摄下来——他不想也没有这样做——而是因为他特别注重保留他展现的生活的比例。他对这项任务的尊重可能比他的细致敏感更为显著。他觉得这样很好。道德判官们，男的、女的和中性的，又忙碌起来。他们像法院的执行人员一样数不胜数，四处奔走，受过精神分析训练的他们，把自己的遮羞布粘在每一个锁眼和每一根手杖上。但是他们不仅被第二性征绊住，会责备作者是个色情作家，他们还会声称，他是个悲观主义者。对一切党派和国家社团的道德判官们来说，这都是最恶毒的中伤。

他们希望，每个市民都有一锅的希望。越是轻飘飘的希望，他们越想兜售给他。他们想不起还有什么能煮出肉汤来，而且他们从前的主意早就被大多数人抛到了粪堆上，所以道德判官们自问：我们要那些有想象力的员工，要那些作家有什么用？

对此，作者回复道：我是个道德主义者！

他只看到了一种希望，因此称其为唯一的希望。他看到，同时代的人像驴子一样固执，向后朝着一个足以埋葬欧洲所有人民的巨大的深渊狂奔。于是他大喊，就像他之前的其他一些人那样：注意！坠落时请用左手抓住左侧把手！

如果人们不开窍（而且是每一个人本人，而不仅仅是其他人），如果他们不愿意最终往前迈步，离开深渊，走向理性，那么世界上究竟何处还有真挚的希望呢？真挚到让一个正直的人如同当着母亲的面那样诚挚起誓的希望？

作者热爱坦诚，崇拜真理。他用自己所热爱的坦诚描述了一种状况，并在他所崇拜的真理面前呈现了一种观点。

因此，恶疾缠身的道德判官们在向该书捅刀子之前，应该先想想作者在这里反复做的保证。他说，他是个道德主义者。

附录二

没了盲肠的先生

（本文是《法比安》中的一章，但首家出版商拒绝收入书中。）

法比安走到上司面前。"您硬要给我加薪？"

"别开玩笑。医生禁止我大笑，因为伤疤可能开裂。"

法比安觉得机会难得。他走近了些，询问对方的健康状况。

"老病很难痊愈，"主任威严地说，"是肠胃问题，亲爱的菲舍尔。您该高兴，您没有肠胃。以您这种构造，可以冷静地看待盲肠炎。"

菲舍尔受宠若惊地笑了。布赖特科普夫活跃了起来：伤口还没痊愈；每天他都得去看医生；刀口从这里延伸到那里——他指着马甲上的距离。然后他问两人："二位想看看那东西吧？"

菲舍尔点头哈腰，法比安做了个邀请的手势。

布赖特科普夫走到门前闩上门，脱下外套和马甲，扔到沙发上，摘下裤子背带，脱下裤子，解开衬裤的扣子。"您大概知道，一个男人长什么样吧。"他说着，拉高衬衣夹在下巴底。

"您穿着一件紧身胸衣，主任先生！"同事菲舍尔大喊。

"我这么穿，只为了把身体固定在一起，否则它就会下垂，那就比现在更难愈合。快，请您把搭扣解开！但是小心点！"

菲舍尔履行了他的职责。紧身胸衣松开了，布赖特科普夫脱了下来，把它扔到上衣和马甲旁边，以命令的口吻说道："现在二位看看这个烂摊子吧！"

这种说法不可谓不恰当。在布赖特科普夫腹部的斜上方，本人看不到的南半部，粘着一些棉球和一条发黄的纱布条。主任拿掉这些东西，袒露出宽宽的、用线缝好的发炎的伤疤。"二位仔细看看吧。"他说。

他们来到毛茸茸的裸体男人面前——这人仍是他们的主任——俯身屈膝。"见鬼！"菲舍尔喊道，仿佛见到了特内里费岛*的山巅或者世界第八大奇

---

* 西班牙的一个岛，西班牙最高峰即位于该岛。

迹。布赖特科普夫在用下巴夹住衬衣所允许的范围内，骄傲地向后甩甩头。

"棒啊！"菲舍尔宣称，"您这样都不卧床吗？这是不负责任。"

"人有自己的职责。"上司说。

"您从上边究竟能不能看到伤疤？"法比安问。他仍然蹲着。

布赖特科普夫摇摇头，说："只能从镜子里看。我又没法拐着弯看。"

为了迎合上司，菲舍尔大笑，笑得失去平衡，坐在地上前仰后合。有人按门铃。"公司下班了！"菲舍尔大喊。走廊里的脚步声慢慢走远了。"好啦，现在结束演出吧！"法比安说。主任背对着他们，小心翼翼地把纱布和棉球放回到肚子上。两名员工从沙发上拿来紧身胸衣，给赤身裸体的老小子绑上。

"小心点，"他说，"上面第三个扣眼，下面第二个！"

法比安很想在布赖特科普夫的两个屁股蛋上轻轻打一下。但生活哪会如此简单，能任由你毫无顾忌地随性而为！自控是必要的。如果我们在硬塞给我们的每个屁股上都来上一下子，那会有什么后果呢？如果约瑟芬·博阿尔内没有偶尔地，就算不是反复且定期地,给她的波拿巴,后来的拿破仑一世的屁股上来上几下,那么世界历史会是什么样子呢?法比安这样思索着,主任已经穿好了胸衣。菲舍尔为他备好了马甲和外套。

布赖特科普夫迅速套了进去,草草道谢,慢慢又适应了系好扣子的状态。他期待着大家的反馈。

"真是有意思。"菲舍尔宣称。

"简直富有启发。"法比安说着,朝胖男人微笑。

"但愿您的盲肠不会再给您制造痛苦。"菲舍尔以祝贺的语气补充道。

"但是盲肠已经取出来了,"法比安说,"还是人们给您切开了腹膜又缝上,却没有把盲肠切下来?有过可怕的类似案例。我知道有些病人,被外科医生留了镊子甚至剪刀在肠子之间。我家门房的熟人竟然遭遇了两次。他后来向医院领导递交报告:为方便起见,请为他的肚子安装方便解开和扣上的纽扣。这一申请被拒绝了。"

"请您不要开可怜的主任先生的玩笑!"菲舍尔喊。

布赖特科普夫威严地瞪着法比安:"我们聊点别的吧。"

"对,您刚才亲切地提到了加薪。预计在什么时候?"

"提到加薪的人是您。我只是通知您，公司对您的广告草案很满意。这不是加薪的充足理由，何况您上班经常迟到。功过相抵。换言之，您只能拿现在的薪水，赚不到更多。"

"我赚得太少了！您觉得，我拿您每月给我的200马克能做什么呢？"

"我不关心，"布赖特科普夫先生恼怒地回答，"雇员的私事与我无关。另外，您为什么经常迟到？您是不是还有个副业？得我们批准才行。"

"我还真有一个。"

"您，您有个副业？我早就料到了！您究竟还做什么？"

"我在生活。"法比安说。

"您称之为生活？"主任大叫，"您在舞厅游荡！您称这为生活？您不尊重生活！"

"只是不尊重我自己的生活，先生！"法比安喊着，生气地打了下桌子，"但是您不会明白的。这不关您的事！并不是每个人都会没品位到把女打字员摁到书桌上。您知道吗？"

菲舍尔已经坐到了椅子上，听到这些话，他脸色苍白，装出一副奋笔疾书的样子。布赖特科普夫两手紧紧抓住自己的马甲，显然害怕自己气得伤口开裂。"我们以后再谈。"他激动地说，转身打算开门,却打不开。他使劲摇动门,脸都涨红了。退场失败。

"门闩上了,"法比安说,"您亲自闩上的,为了展示您的盲肠。"

译后记

没落社会的讽刺画

埃里希·凯斯特纳，德国著名小说家、剧作家、诗人和儿童文学家；1951年至1962年任联邦德国笔会主席，1957年获德国文学大奖格奥尔格·毕希纳奖。

凯斯特纳于大学时期开启创作生涯，创作体裁丰富，尤以儿童文学著称。1929年，他发表了第一部儿童小说《埃米尔擒贼记》，引起轰动，很快便被搬上舞台并改编成电影。此后，凯斯特纳相继创作并出版《小不点和安东》(1931年)、《飞翔的教室》(1933年)、《两个小洛特》(1949年)等近十部广受好评的儿童小说，不仅获得"战后德国儿童文学之父"的美誉，更于1960年荣膺国际儿童文学的最高奖——安徒生奖。

这样一位富有童心、歌颂纯真的儿童文学家，却于1931年发表了一部曾遭封禁的大尺度成人小说——《法比安》。这岂非与他一贯的创作风格背道而驰？换言之，为什么《法比安》中会有诸多情色描写？这部小说反映了作者怎样的创作理念，又和他的其他作品是什么关系呢？

下文将从凯斯特纳整体的创作理念、他所处的时代背景以及《法比安》这部小说批判的社会现象三个方面，尝试回答上述问题。

一、凯斯特纳的创作理念

道德教化是贯穿凯斯特纳全部文学创作的基本理念。在儿童小说中，凯斯特纳乐此不疲地歌颂父母之爱，歌颂童年的纯真和美好的品德，希冀借此为儿童读者塑造优秀的榜样，达到教育培养下一代的目的。道德教化也是凯斯特纳诗歌创作的出发点。他的诗被称为实用诗（Gebrauchslyrik），所谓"实用"，即教化启迪之用。这些诗与他的儿童小说殊途同归，也承担了作者的道德教化之望；只不过，与歌颂正面形象的儿童文学形成互补的是，他的诗作在内容上以抨击军国主义、讽刺社会丑陋现象为主，并且更显著地运用了讽刺的艺术手法。

《法比安》这部成人小说也承袭了作者一贯的创作理念，原书副标题"一个道德主义者的故事"，表明了小说道德批判的主旨和道德教化的立场；这一立场也在小说的情节发展中得到了坚守。"在这个可爱迷人的故事中，诗人让一个人徘徊在今天疯狂的柏林，此人既不强壮也不精明，毕竟是一个人：一个还未疯掉、有心有思想的人。他也有些丧气和扭曲，但无论身陷何处，他都散发出人性之光，让人想起不久前还随处可见、现在却只有百万分之一的人仍拥有的那种东西。"从赫尔曼·黑塞（1877—1962）对小说情节所做的这段概述可以看出，主人公法比安有心有思想，也有自己的缺点，他只是一个普通人；但处在一个疯狂、丧失了人性光辉的社会和时代，他这样的正常人却成了格格不入的少数派。小说的讽刺和批判意味显而易见。此外，小说对法比安的深切痛苦与绝望进行了细致入微的描写，并对整个社会道德沦丧的现实图景做了生动描摹，二者的鲜明对比，进一步增强了小说的批判力和对读者的感召力，有利于激发读者对主人公道德理念的认同和直面社会弊病的勇气，从而充分发挥文学作品道德教化的伦理功能。

黑塞高度评价这部小说的艺术性，认为它"以超越时代的方式展现当代内容，无出其右；虽以地狱的疯人院为题材,却如音乐般悦耳,经由艺术的过滤,优雅十足。"下文便围绕小说的时代背景和小说批判的社会现象,探讨它贴近时代而又超越时代的艺术魅力。

二、《法比安》的时代背景与自传特征

如上文所述,凯斯特纳终其一生都致力于以文学为手段进行道德教化、社会改良。而他这种以文学教育功能为重的创作理念,与他的创作背景密不可分。凯斯特纳的文学创作始于 20 世纪 20 年代后半期,并历经纳粹执政的十余年。具体到《法比安》,这部小说创作于 1930 年前后的柏林。当时"黄金 20 年代"已经结束,经济大萧条席卷了全球,也包括德国。凯斯特纳在 1950 年为该书再版所撰前言中回忆了当时的政治、经济、社会状况和人们的心理状态:"极高的失业率,与经济萧条接踵而至的精神抑郁,对自我麻痹的沉迷,各党派肆无忌惮的活动,都是危机正在逼近的信号。"

在这重重危机之下,社会的道德底线失守,无论私人还是公共生活领域,都充斥着道德败坏的行为,"东边住着犯罪,中间住着招摇撞骗,北边是贫困,西边是奸淫,四面八方都住着毁灭",整座城市、

整个国家都弥漫着罪恶。法比安父母经营的肥皂店门可罗雀,母亲抱怨"人都不洗澡了",这一朴实的话语既是经济衰退的真实写照,也是人心污浊的生动隐喻。

作为一部自传式小说,《法比安》不仅呈现了德国20世纪30年代的社会状况,而且其中的主人公也带有作者的影子:从性格来看,两人都诚实正直,对军国主义和社会不公甚为不满;从个人经历来看,他们都出身于经济状况不佳的小市民家庭,"一战"期间应征入伍,曾攻读日尔曼语言文学史专业并获博士学位,有心脏病等。

尽管有一定的重合,但小说的主人公不等于作者本人。同样地,《法比安》这部小说虽源于时代、紧贴时代,但也超越时代,正如作者所言:"道德主义者放到自己时代面前的,通常不是普通的镜子,而是一面哈哈镜。讽刺画这种合法的艺术手段,是他所能做到的极致。"作者从法比安的视角出发,以夸张和讽刺的手法展现了一个自私、冷漠、功利、暴虐的世界。在那个堕落、扭曲的时代,魑魅横行,而睿智、高尚的发明家科尔雷普教授只因不愿自己的新发明造成更多人失业,便被家人亲手送进了精神病院;道德主义者法比安在不到两周的时间内失业、失恋、失去挚友,最后溺水而亡;理想主义者拉布德先是遭未婚妻背叛，继而被同事欺骗，万念俱灰。他们的悲惨经历和结局，是对堕落时代和社会种种不道德现象的沉痛控诉。

三、《法比安》批判的社会现象

从结构上看，小说共二十四章，多数章节的正文分为两到三部分，前后两部分之间有明显的空行，由此实现了场景和内容的流畅转换，快速推进了故事情节，全方位展现了柏林城的种种丑陋和罪恶。篇幅所限，本文仅就小说批判的三种社会现象略作分析。

（一）混乱的性关系：私生活领域的道德败坏

在小说中，法比安频繁出入风月场所，经历或目睹了一段段复杂的男女关系和情感，既是"切割自己灵魂的外科医生"，也不断挖掘着深刻复杂的人性。

在法比安的周围，忠诚是稀缺的美德，出轨是家常便饭。开篇之际，法比安便在一家俱乐部邂逅了前来寻欢的莫尔太太。此后，她便屡屡登场，与法比安不断产生交集，一次次地以美色、金钱、不劳而获诱惑着法比安。莫尔太太耽于肉欲，出轨、开男妓院，离经叛道，堪称堕落的代名词。另一位女性，法比安的女友科尔内利娅，出场时则犹如莫尔太太的对立面。科尔内利娅是法学博士，与法比安情投意合，给了他慰藉和行动的力量。但情节的发展出人意料，她并不是拯救男性的圣洁天使，很快，她便为了前途投入一个电影大亨的怀抱。她对切身利益的关注远胜于对情感的追求和对道德观念的坚守。

小说中的其他成年女性也多为"荡妇"，如拉布德出轨的未婚妻、与法比安共度良宵的推销员之妻等。但背叛、谎言并非女性专属，小说中的男性人物也罕有正人君子，出轨、嫖娼，甚至卖身，不一而足。之所以把饮食男女赤裸裸地呈现在读者面前，如作者凯斯特纳所言，既是因为他视情色描写为文学表达不可或缺的一部分，更是出于他对"坦诚"这一艺术美德的执着追求。凯斯特纳认为，他只是在作品中保留了"他展现的生活的比例"，换言之，小说中的情色描写表现了真实的生活和时代。他借科尔内利娅之口指出，"我们的时代和天使有过节"，控诉人的堕落是时代之过。举世混浊，他们才选择了"随其流而扬其波"。混乱的性关系，是整个社会及时享乐、空虚恐惧的一个突出表现。在小说中，人们不仅出轨，还辗转于妓院、酒馆、卡巴莱、游乐场等各种娱乐场所，沉迷于肤浅的欢乐。但他们往往上一秒还在纵情狂欢，下一秒却号啕大哭；纵欲中隐藏着对灭亡的恐惧，无度的享乐暴露了心灵的扭曲。这种对痛苦的细腻描写，既是凯斯特纳对时代的强烈控诉，也饱含着他对人类作为时代牺牲品的深切同情。

混乱的情感和人际关系，只是道德败坏的一个方面。道德的沦丧不只体现在个人生活领域，也广泛充斥于公共生活领域。

(二)新闻报道的炮制：公共生活领域的谎言

凯斯特纳担任过记者和报刊编辑。他驾轻就熟地把新闻报道的风格移植到小说《法比安》中。例如，小说的叙述节奏很快，走马灯似的让法比安在短短十多天内见识了形形色色的人物，经历了恋爱、失业、失恋、返乡、溺亡等多件人生大事；另外，详细说明人物行走路线和账单数目，也给读者一种客观报道的印象。

新闻报道本身也在小说中起着重要作用。首先，阅读新闻是其中人物生活的重要部分。小说开篇，主人公法比安坐在咖啡馆中浏览晚报的大标题，从国外到本地，从政客到明星，从国际经济谈判到工人罢工，从犯罪到日常生活，五花八门的内容罗列一处，正如柏林光怪陆离的生活。但法比安早已见怪不怪，他只觉得"天天都是这一套，没什么特别的"。其次，报纸新闻是小说人物获取信息的渠道。发明家科尔雷普教授从报纸上得知外孙的出生，拉布德的父亲通过报道获悉儿子的死讯，法比安从报纸上看到前女友在电影圈的发展，等等。另外，报纸新闻也是小说人物彼此交流的素材，例如法比安和房东太太曾围绕报纸内容进行讨论，房东太太对报上登载的"把地中海的水位降低200米"的荒谬建议深感振奋。从房东太太对报纸报道的态度可以看出，新闻报道影响着大众的观点；对大众而言，新闻报道的真实性毋庸置疑。

然而，法比安的亲身经历无情地戳破了这一假象。小说第三章，法比安应邀来到一家报社的编辑部，目睹耳闻了新闻的炮制过程。政治编辑闵采尔为了填满空缺五行的版面，捏造了一条"加尔各答巷战导致14死22伤"的简讯，并大言不惭地宣称："无法证伪或者几周后才能证伪的消息，就是真实的。"他清楚新闻报道对公众意见的巨大影响力，却叫嚣着"最让人舒服的公众意见始终还是公众没有意见"，不惜编造谎言来愚弄公众，毫无职业道德。

不仅新闻媒体，政府、警察也站在人民的对立面，欺骗、镇压民众；学校等公共机构非但没有起到开启民智、道德教化的作用，反而禁锢学生的思想，"蔓延的谎言，以及邪恶隐秘、把一代儿童变成顺从的公务员和狭隘的市民的暴力"，令学校堪比牢狱。

面对这样一个道德败坏的时代和社会，法比安深感无能为力，只能眼睁睁地看着同时代的人一步步走向政治恐怖的深渊，进而自我毁灭。法比安的绝望与日俱增，对未来的悲观和忧虑在他的梦境中爆发。

(三) 技术至上：进步假象掩盖下的噩梦

小说的第十四章呈现了法比安的一场噩梦。无论在形式上还是写作风格上，这一章都别具特色：不同于其他各章多用空行将文本分为显而易见的几部分，该章未留空行，密不透风，各种怪异的场景纷至沓来，给读者一种无法喘息的压迫感；不仅如此，迥异于其他章新闻报道般的新实际主义风格，第十四章弥漫着表现主义的恐怖与荒诞，读来令人心悸。

梦境开端，法比安发现自己身处精神病院，看科尔雷普教授展示一种新发明的复制人的机器。现实中的科尔雷普教授是位发明大王，他发明的纺织机极大地提高了纺织业的生产力，却造成了大量工人失业。技术进步的毁灭性后果极为夸张地显现在法比安的梦里。技术发展到了无以复加的程度，连人都成了机器复制的对象，人的异化和主体性的丧失由此得到了具象化的生动体现。技术的巨大进步或许能带来社会的虚假繁荣，却阻止不了道德的沦丧。一幕幕荒诞的场景接连出现在法比安眼前：人们旁若无人地追逐肉欲和金钱；台阶从上到下站满了人，每个人都在偷前面人的东西，并被身后的人翻着口袋；犯罪继续升级，演变成暴力袭击；恐怖的自相残杀结束后，尸横满地，却无人在意，反而开始了拍卖尸体的交易。

凯斯特纳以丰富的想象力构建了一个离奇的梦境，凸显了现实世界的荒诞和扭曲，鞭挞了社会和人性的丑恶。这场噩梦揭示了法比安内心对人类前途所怀的恐惧和焦虑，令读者深切感受到他无力对抗时代的悲凉和痛苦。

结　语

小说《法比安》以道德主义者法比安的个人经历为主线，用讽刺夸张的笔法描绘了德国行将没落的画面。1930年前后的德国，政治上处于纳粹上台前夕，经济上遭受着席卷世界的大萧条。面对混乱艰难的时局，以莫尔太太为代表的大部分人醉生梦死、败德辱行，少数道德主义者如法比安冷眼旁观、无所作为，理想主义者拉布德则东奔西走，致力于建立一个良好的社会体系。通过对混乱的性关系、新闻报道的炮制过程以及技术进步的毁灭性后果等现象的刻画，凯斯特纳鞭辟入里地批判了充斥在私生活和公共生活领域的种种不道德行为；他不仅尖锐无情地揭露了人们的空虚、堕落、自私，乃至残忍，也悲悯细腻地呈现了时代重压下，普通人的苦闷和挣扎。

同样生活在这个时代的作者凯斯特纳，一直保持着昂扬的斗志，即使作品遭到焚毁和禁止、本人两次被捕，他仍不屈不挠地坚持以教育功能为重的创作理念，以手中之笔尽情地讴歌纯真、抨击丑恶。他的笔耕不辍取得了丰硕的成果，《法比安》自1931年问世以来引发了广泛的关注和讨论，迄今已被译成20多种语言，并于1980年和2021年两度被改编成电影；他的儿童小说更是深受全世界儿童的喜爱。茨威格曾不无羡慕地对凯斯特纳表示，"如果成功能带来幸福，您应该是德国最幸福的人"，赞赏他取得的成就在德国屈指可数。的确，能同时赢得大众的喜爱、内行的认可和儿童世界的欢欣，实属难得。

明室
Lucida

照亮阅读的人

主　　编　陈希颖
副 主 编　赵　磊
策划编辑　赵　磊
特约编辑　孙皖豫
营销编辑　崔晓敏　张晓恒　刘鼎钰
设计总监　山　川
装帧设计　山川制本 workshop
责任印制　耿云龙
内文制作　丝　工

版权咨询、商务合作：contact@lucidabooks.com

上海光之室文化传播有限公司　　Shanghai LUCIDABOOKS Co., Ltd.

图书在版编目（CIP）数据

法比安 / (德) 埃里希·凯斯特纳著；李晓艳译 .
北京：北京联合出版公司, 2025.3（2025.3 重印）. -- ISBN
978-7-5596-8128-7

Ⅰ . I516.45
中国国家版本馆 CIP 数据核字第 20247BR097 号

法比安

作　　者：［德］埃里希·凯斯特纳
译　　者：李晓艳
出 品 人：赵红仕
策划机构：明　室
策划编辑：赵　磊
特约编辑：孙皖豫
责任编辑：李　伟
装帧设计：山川制本 workshop

北京联合出版公司出版
(北京市西城区德外大街 83 号楼 9 层　100088)
北京联合天畅文化传播公司发行
北京市十月印刷有限公司印刷　新华书店经销
字数 150 千字　787 毫米 ×1092 毫米　1/32　9.25 印张
2025 年 3 月第 1 版　2025 年 3 月第 2 次印刷
ISBN 978-7-5596-8128-7
定价：52.00 元

版权所有，侵权必究
未经书面许可，不得以任何方式转载、复制、翻印本书部分或全部内容。
本书若有质量问题，请与本公司图书销售中心联系调换。
电话：(010) 64258472-800